GC NOVELS

魔力チートな魔女になりました～創造魔法で気ままな異世界生活～ 2

アロハ座長

イラスト てつぶた

サーヤ
パウロ神父
ダン

アルサス
ラフィリア
テト
チセ

初めて作った試作品だからバランスが微妙に悪いが、柔らかな
弾力とどこか愛嬌のあるクマのヌイグルミになった。
そんなクマのヌイグルミを私は、
フニフニと揉んで手足を軽く動かす。
「チセお姉ちゃん、ああいう顔するんだ」「可
愛い物が好きなんだね」「柔らかい物が好き
なのかも」「チセちゃん、綺麗って感じだけど
笑うと凄く可愛い」

魔力チートな魔女になりました
a Witch with Magical Cheat
創造魔法で気ままな異世界生活
2

目次

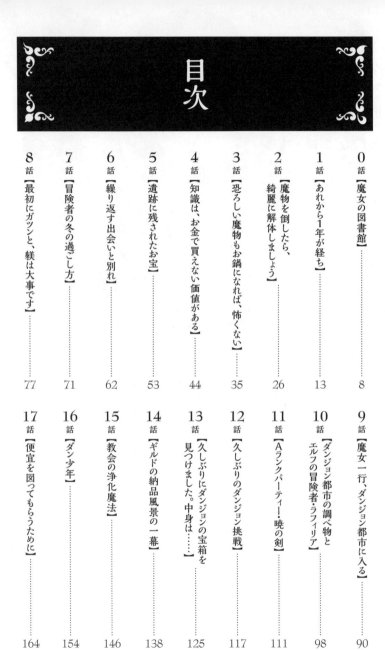

contents

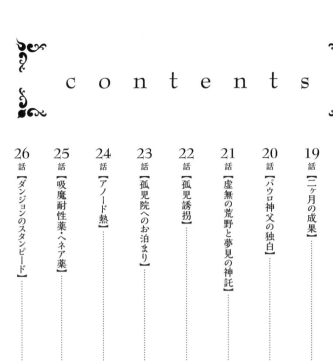

0話【魔女の図書館】

かつて【虚無の荒野】と呼ばれ、今は【創造の魔女の森】と呼ばれるこの場所には、私の趣味で集めた本を収めるための図書館が作られていた。

「魔女様～、この本は、どこに運ぶのですか？」

「うん？　そっちの本は、１００年前に流行った冒険小説ね。あの頃に嵌《はま》って読んでたわね、懐かしいわ。小説の本棚のところに運んでくれる？」

「了解、なのです！」

テトが運んでいるのは、全24巻からなる長編の冒険小説だ。

とある冒険者をモデルにその生涯を記した架空の冒険小説は、今から４００年前の舞台背景を採用していた。

現在とは冒険者の取り巻く事情や魔導具の性能などが変化している。

筆者は、当時の歴史的・文化的・民族的な資料を集めるために、当時から生きていた長命種族に取材して書き上げた。

そんな歴史的背景のある傑作小説と言える。

「魔女様、今度の本は、どこに運ぶのですか？」

「それは、確か最近買ったさっきの本の文庫版ね。昔と比べて、表現や描写の部分に修正が入っているから最新版と比較できるように小説コーナーに置いておいて」

１００年前の冒険小説ではあるが、今なお文庫や挿絵付きなどで形を変えて世で広く読まれている。

若い子たちにも本に興味を持ってもらえるように買い集めた本を、テトがキビキビと運ぶ姿を見送る。

今度は、入れ替わるようにメイド長のベレッタが何冊かの古書を持って私の確認を仰いでくる。

『ご主人様。こちらの本は、どうしますか？』

「この本は――内容は手書きね。それに羊皮紙が使われている。書かれている内容は、当時の生活を記した日記帳と商売で使った帳簿ね」

最低でも５００年前に書かれた代物だろうか。

私が購入して状態保存の魔法を掛けたが、それまでの保存状態が悪いために染みや皺《しわ》、虫食いがある。

『それでは、この本は破棄しますか？』

「いいえ。それは、当時の文化資料として使えるから別館の資料室に保存しましょうか」

500年以上前は、文字を読み書きでき、更に日記を付けていた人間は少ない。

そうした中で残る日記は、文化的な資料価値が高い。

また、商売で使われた帳簿の紙束は、品目や物品の値段から当時の生活状況や物価などを現代の人々が推察する材料になる。

そんな感じで私がこれまで集めた本たちは、図書館で【創造の魔女の森】の住人たちに広く公開されたり、歴史資料として大事に保管している。

集めた本の中には、世間に出すには危険な魔法書や禁術の研究資料、呪いの本などの禁書の類いも存在する。

そうした魔法的に禁書の類いは、私の屋敷で厳重に封印処理を施している。

そうして本を仕分けていくと、ベレッタの部下たちの奉仕人形たちが何冊かの本を手に取り、その場で真剣に読んでいた。

『す、すごい。これは、私が生まれる前のエルフの小説家バローラ様の初期の作品。それも初版の本！』

『こ、この本は、かの有名な版画家オレイン氏の画集⁉　すごい、状態保存の魔法を掛けてあるから色褪《あ》せてない完品！』

『こっちは、150年前に滅んだ国の政治と経済を批判して禁書指定された経済論の本！　王国滅亡と共に本すらほとんど残っていない稀少なやつがここに！』

『こっちも凄い……著名な魔法研究家たちの論文や学会誌。派閥ごとで門外不出の魔法書もある！

それに有名な魔法書の写本も！』

どれもこれも価値の分かる人が見れば、お宝と言える本の山だ。

それを手に持つ本好きの奉仕人形たちが、私に尊敬の視線を送ってくる。

『あなたたち、本を読むのはいいですが、それは仕事が終わった後に読みなさい』

『『す、すみません！　メイド長！』』

ベレッタに注意されて作業に戻る奉仕人形たちに微笑を浮かべながら、私も手元の本を懐かしみながら仕分けていく。

そして、ある本を見つけて、自然と苦笑が生まれる。

『ご主人様、そろそろ休憩にいたしませんか？　……おや、その本は？』

ベレッタが私の手元を覗き込んでくるので、私はその本を見せる。

当時、登場したばかりの植物紙に穴を開けて紐で綴じただけの簡単な本だ。

タイトルは――【調合レシピ本】と【製紙技術書】と書かれている手書きの本だ。

「この本は、懐かしいわね」

「本当なのです！　魔女様が書いた最初の本なのです！」

『ご主人様の最初の本？』

ベレッタが不思議そうに首を傾げる。

今でこそ【創造の魔女】なんて大層な名前で呼ばれており、多くの魔法理論の論文や魔法の教導本の作成、魔導具の技術書や設計図などを暇潰しに書いている。

そんな私が最初に書いたのは、このちょっと質の悪い紙で作られた手書きの本だ。

「ええ、そうよ。旅をして知り得た実用的なポーションのレシピを纏めた本と、その魔法薬を使った紙の作り方の本よ」

「まだ【転写】の魔法も印刷魔導具も無くて、全部魔女様とテトで手書きで写したのは、懐かしいのです」

私とテトは、しみじみと呟《つぶや》きながら、脱色が不十分で肌触りの悪い紙を撫でて、当時を思い出す。

かつて、まだ定住の地である【虚無の荒野】を見つけられずに、冒険者として気ままな旅を続けていた。

そんな旅の中で出会った教会の孤児院の話だ。

どこにでもある、ありふれた教会の孤児たちを少しだけ手助けした、そんな話だ。

a Witch with Magical Cheat
~ a Slowlife with Creative Magic in Another World ~ 2

1話【あれから1年が経ち】

SIDE：とある農村の娘

私は、普通の農村に暮らす普通の娘だ。

村の特徴としては、村の近くに古くから遺跡があることくらいだ。

父と母と暮らす私は、父の畑仕事と母の家事を手伝いながら、村の薬師としての日々を過ごしていた。

そして今日は、近所の子どもたちを連れて近くの森まで山の幸を採りに来ていた。

「ねぇ！　サーヤねぇちゃ！　木の実！」

「よく見つけたね！　偉いね！」

「ねぇちゃ、キノコと果物」

「あー、それは食べたらお腹痛くなるキノコだから、ぽいしようか。でもこっちの果物は大丈夫」

【採取】スキルは私の方が高いはずなのに、子どもたちは視点が低いので低位置に生える山の幸を私よりも上手く見つけてくる。

そんな子どもたちが次々と見つけてくる山の幸――特にキノコを確認して食用か、毒キノコかを判別していく。

お母さんから教わった山菜採りのコツや、先代の薬師のお婆ちゃんから色々と教えてもらった毒を持つ植物の知識から生えた【毒知識】スキルで確認していく。

子どもたちが山の幸を採取する一方、私も冬場に向けて薬草を集めていく。

「ふぅ、少し寒くなってきたなぁ」

寒さをものともせず、キノコ採りに励む子どもたちを微笑ましげに見つつ、寒さに手を擦り合わせる。

森の木々を見上げれば、葉っぱが赤や黄色に色付き、地面に落ちて降り積もる。

この時季はキノコが美味しく、温かいスープにすればさぞ美味しいだろう。

そろそろ冷え込み始める時季だが、お母さんが作ってくれた頭巾を被っているので、そこだけは寒くない。

「ふぅ、そろそろ帰らないと日が暮れるよー」

『『はーい！』』

籠には十分な量の山の幸が集まり、安全のためにもう切り上げて村に帰ろうと思う。

そして、子どもたちを集めて村に向かう中、普段は聞こえるはずの野鳥の囀《さえず》りや動物たちの気配がないことに気付く。

森の息遣いが感じられず、風もないのに森の奥から木々のざわめきが聞こえ、言い知れぬ不安を覚える。

「……なんだか気味が悪い。さぁ、みんな早く帰ろう」

私は、急いで帰ろうと思い、子どもたちを連れて村に向かう。

その中で——

『グオォォォォォォッ——！』

「ひっ！　ねぇちゃ、怖いよ！」

森の奥から低い咆哮《ほうこう》が聞こえる。

恐ろしいほどの声に子どもたちが怖がり、私の腰にしがみついてくる。

「大丈夫だよ！　ほら、とにかく歩いて、村に戻りましょう！」

私も不安で村に駆け出したくなるが、小さな子たちを置いて逃げるわけにも行かず、ゆっくりとだが村を目指す。

そして——

ズン、ズンと重い足音が森の奥から響き、グルォォッという短く低い咆哮が後ろから迫ってくる。

「みんな！　荷物を捨てて全力で走るわよ！」

「ねぇちゃ、でも、食べ物が！」

「いいから、早く！」

もう一刻の猶予もないと感じた私は、集めた山の幸が入った籠を投げ捨てさせて、子どもたちを走らせる。

安全なはずの森なのに、恐ろしい唸《うな》り声が徐々に迫ってくる。

恐ろしい声の主が運良く投げ捨てた山の幸に夢中になってくれれば、逃げきれると思う。

だが、唸り声は止まることなくこちらに迫り、振り返れば——その姿が見えた。

「ひっ⁉　魔物！」

森の奥から私たちを追い掛けてくるのは、黒い毛皮の熊の魔物だ。

縦に二列に並ぶ六つ目の熊は、四足歩行で激しい勢いで森を駆け、木々を薙ぎ払いながら向かってくる。

その恐ろしさに顔が引き攣《つ》る。

だが、もう少し頑張って村に辿り着ければ、狩人のおじさんたちが助けてくれる。

「あっ！」

「リナちゃん！」

子どもの一人が木の根に足を躓《つまず》き、転ぶ。

それに釣られて他の子どもたちも足を止めて振り返れば、猛烈な勢いで迫ってくる六つ目の熊の魔物の形相に足が竦《すく》んで動けない。

私は、転んだ女の子を助け起こそうとするが、間に合わずに女の子を庇うように抱き締める。

「……女神様」

小さく呟《つぶや》くように祈る私と、鋭い爪を持つ前足を振り上げた熊の魔物との間に、黒い影が飛び込んでくる。

「――《マルチバリア》！」

青白い光の壁が私や子どもたちの周りに半球状に広がり、前足を振り下ろした熊の魔物が涎《よだれ》を垂らしながら必死に壊そうと前足を叩き付ける。

だが、私たちを守る光の壁はビクともせず、黒い影――黒いローブのフードを外して振り返った綺《き》麗《れい》な顔立ちの女の子が私たちに優しげな声を掛けてくる。

「間に合って良かった。もう大丈夫よ、よく頑張って逃げたわね」

私よりも小さな女の子なのに、お母さんに慰められた時のような安心感に私は声を押し殺して泣く。

私は、お姉さんなんだからみんなを守らないと――そう思っていた。

でも本当は、怖くて怖くて堪らなかった。

その思いが溢れて涙が止められない。

そんな私に釣られて、私の腕の中の女の子も一緒に泣き出してしまう。

涙を止めようとするが止まらず、余計に呼吸が引き攣る中、魔法使いの少女は、優しく背中を撫でてくれた。

「もう大丈夫。安心して……テト、あとはお願い！」

私たちに掛ける声色とは打って変わって、力強い声を森に響かせた直後、光の壁を割ろうとする熊の魔物の真横から女の子が飛び出してくる。

「任されたのです。はぁぁぁっ——キーック！」

勢いを付けて現れた小麦色の肌の美少女が、熊の魔物の横っ面に跳び蹴りを決める。

跳び蹴りを受けた熊の魔物は、真横に吹っ飛び、木々を数本へし折りながら地面の落ち葉を舞い上がらせて止まる。

そんな冗談のような光景に、私や子どもたちは涙も引っ込んでしまい、ただ唖然とするのだった。

SIDE：魔女

開拓村から旅立った私たちは、街道を外れた村々に立ち寄りながら、ふらふらと旅を続けていた。

穏やかな田舎の村、辺境ながら裕福な村、貧しい村、人間だけの村、異種族だけの村、粗暴な村などで便利屋のようなことをしながら見て回った。

冒険者として魔物を退治したり、自作したポーションを売り歩く調合師や【創造魔法】で創り出した塩や鉄製品を持ち込む商人の真似事もした。

そして今日は、近くに古い時代の建物——遺跡がある村に向かっていた。

「魔女様！　遺跡なのです！　楽しみなのです！」

「発見されたのが、今から100年以上前でほとんど発掘が終わっているみたいだけど、お宝が残っていれば素敵ね」

私は、はしゃぐテトに相槌を打ちながら、内心ではお宝はあまり期待していない。

遺跡とは、魔力によって建物全体が保護されて長い年月を保ち続けた建造物のことだ。

そうした場所には、当時のお宝が残されていたり、建物全体の魔力が残された物品に作用して魔導具化したりするらしい。

そんな遺跡に胸を膨らませながら、まずは村で聞き込みや準備をしなくてはいけない。

「こんにちは、お嬢さんたち。この村に何か用かな？」

私たちが村に近づくと、初老の自警団の男性が声を掛けてきた。

「冒険者で魔女のチセと言います。この村の近くにある遺跡を見に来ました」

「同じく冒険者をやっているテトなのです！」

私たちが挨拶と共に村の滞在の目的を告げると、初老の男性は、驚いたように片眉を上げる。

「遺跡とは懐かしいのう。ワシが生まれるずっと前に、発掘されたと言う話を聞かされた。ワシらが子どもの頃には遊び場にしたものだが、今じゃ何も残されていない」

私たちの目的に驚きつつも懐かしむ初老の男性は、お宝目当ての若い冒険者が徒労に終わらないように注意してくれるが、私は訂正する。

「後学のために遺跡を見に来ただけです」

「魔女様と一緒なら、どこでも楽しいのです！」

「まるで冒険者と言うより、学者のような物言いじゃな」

愉快そうに笑い私たちを見る初老の男性は、自ら案内を買って出てくれる。

「村には宿屋はないが、空き家ならある。村長に話を通せば、そこに泊めてくれるだろう。遺跡までの道は、村人も使うから口頭での説明でも迷わないはずじゃ」

「ありがとうございます。明日、行こうと思います」

「ありがとう、なのです！」

私たちが穏やかな秋の収穫時季を迎えた村の畑を眺めながら歩くと、村の反対側から焦った様子の青年が走ってきた。

「爺ちゃん、大変だ！」

「どうしたんじゃ、そんなに慌てて？」

何やら、ただならぬ様子に私とテトの間にも緊張が走る。

「森に、森に六つ目熊が現れたんだ！」

「何じゃと！　すぐに村の防備を固めるんじゃ！」

六つ目熊――熊型の魔物で討伐難易度としては、Cランクの魔物だ。

更に冬眠前のこの時季には、積極的に大きな獲物である人や動物を喰らい、栄養を蓄える。

「他の狩人が森の奥で見たんだ！　それに森にはサーヤたちが山の幸や薬草を採りに出たままなんだ！」

「今すぐ、鐘を鳴らして戻るように伝えるんだ！　早く！」

穏やかな老人然とした初老の男性は、真剣な表情で機敏に指示を出す。

その直後――

『グオォォォォォォッ――――！』

森の奥から響く唸るような声に私たちが皆、振り向く。

「もう、こんな近くまで来ていたのか！　すまぬが嬢ちゃんたちも冒険者なら村の防備に手を貸してくれるな。六つ目熊は、DやEランクの冒険者じゃ手に負えないだろう」

村は、とにかく防備を固めて、六つ目熊を討伐できる冒険者が来るまで耐えることを言外に告げてくる。

「もちろん、手伝うわ。けど、森にいる子どもたちの保護が先よ。それから私たちは――」

「これ、なのです！」

私とテトは、自身のギルドカードを提示すると自警団の祖父と孫の青年が目を見開く。

少女と言って差し支えない私とテトのギルドカードには、Ｃランクの文字が刻まれていた。

「まさか、Ｃランク冒険者が……」

「一刻の猶予を争う状況だから、私たちは独断で動くわ。行くわよ、テト――《フライ》！」

「はいなのです！」

私は、飛翔魔法で空に飛び上がり、咆哮が聞こえた森の奥に向かう。

テトも【身体強化】で、空を飛ぶ私の後を追い掛ける。

そんな私たちを必死で追い掛ける自警団の祖父と孫の青年だが、私の飛翔魔法とテトの【身体強化】には追いつけずに離されていく。

そして、村を守るために森の境界付近に集まっていた村人の頭上を私が通過し、テトが大きな跳躍で跳び越える。

「な、何だ！　あれは！」「人!?　それも女の子か!?」「魔物が出た時に何なんだ!?」

森の境界に集まった村人たちの声を聞き流しながら、森に飛び込み【魔力感知】をすると、村に向かって走る人たちとその背後から追い掛ける魔物の魔力を感じた。

「テト、私が先行して子どもたちを守るわ！」

「了解なのです！」

私は、飛翔魔法で一気に速度を上げ、子どもたちに合流する。

そして、間一髪で子どもたちと前足を振り上げた六つ目熊の間に体を割り込ませた。

「――《マルチバリア》！」

多重の結界魔法で六つ目熊の攻撃を防ぎ、ここまで逃げてきた子どもたちを宥める。

一番年上の少女も魔物に追われた恐怖から私にしがみついて泣くので、優しく背中を撫でて落ち着かせる。

その間も割れない結界を割ろうと執拗《しつよう》に攻撃を加える六つ目熊に苛立ちを覚える。

「……テト、あとはお願い！」

「任されたのです。はぁぁぁっ――キーック！」

思った以上に低い声でテトに後を頼むと、追い付いたテトが六つ目熊の横っ面に跳び蹴りを放った。

テトの【身体強化】の掛かった跳び蹴りを受けた六つ目熊の巨体が吹っ飛び、木々を数本薙ぎ倒したところで止まる。

そんな跳び蹴りを受けた六つ目熊は、あらぬ方向に首が曲がり、舌を垂らして絶命しており、その姿を見た子どもたちは理解が追い付かないのか唖然としている。

私もテトが跳び蹴りを放った瞬間、六つ目熊の首の骨が折れる鈍い音が聞こえた気がした。

テトは、1年前の段階で同じCランク魔物のオーガ相手に肉弾戦で勝ったことがある。

あの頃よりも更に強くなり、同ランク帯の魔物相手に遅れを取ったりしない。

「魔女様～。この熊で美味しい熊鍋、できるですか？」

「テト、それは村まで持ち帰って解体したらね」

「はーい、なのです！」

そして、倒した本人のテトは、絶命した六つ目熊の腕を取って肩に担ぎ、引き摺《ず》るようにして運ぶ。

体長２メートル、体重４００キロを超える魔物を軽々と運ぶテトの姿に苦笑いを浮かべる中、私は子どもたちを振り返る。

「さぁ、村に帰りましょう。大人たちが心配しているわ」

私がなるべく優しく語り掛ける中、転んで膝を擦《す》り剥いた女の子が私のローブを引っ張ってくる。

「私たちが集めたキノコ……」

「こら、リサ！」

年長者の女の子が叱るが、逃げる時に投げ捨てた山の幸が気になるようだ。

魔物の恐怖と転んで擦り剥いた膝の痛みに目元に涙を溜めた女の子が、いやいやと言ったように首を横に振る。

「そうね。折角集めたのなら、ちゃんと持ち帰らないとね。――《ウォーター》《ヒール》」

私が膝を付いて、転んで汚れた衣服の土を払い、擦り剥いた膝を水魔法で洗浄して、回復魔法で擦り傷を癒やす。

その一連の光景に目を輝かせる小さな女の子は、私に向かって満面の笑みを浮かべた。

「ありがとう、お姉ちゃん！」

その純粋な子どものお礼の言葉が、何よりの報酬である。

2話【魔物を倒したら、綺麗《きれい》に解体しましょう】

「すみません。助けていただいた上に、山の幸を拾うのを手伝ってもらってしまって」

「いいのよ。折角の秋の味覚を食べ損ねちゃ、かわいそうだからね」

私よりも年上の少女が恐縮しながら、逃げる時に放り投げた籠を拾い、辺りに散らばった山菜を拾い集める。

逃げる時に、テトが倒した六つ目熊が踏み潰したのか、幾つかダメになっていたが、それでも強力な魔物が通った時の臭いで他の獣が寄り付かずにほとんどが無事であった。

「ガオー、熊なのですよ〜！」

『『きゃははは っ——！』』

あんなに恐ろしかった巨大な熊の魔物は、テトの肩に担がれ、蹴りで曲がった頭を掴んで腹話術の人形のようにして扱い、子どもたちが甲高い笑い声を上げる。

どこか虚《うつ》ろな熊の六つの目に哀愁《あいしゅう》が漂うのを無視して、散らばった山の幸を拾うのを手伝っていると、年上の女の子が話し掛けてくる。

「あ、あの、私は、サーヤって言います」

「私は、魔女のチセ。冒険者をやっているわ」

「魔女様を守る剣士のテトなのです！　同じく冒険者なのです！」

「チセ様とテト様は――『チセでいいわ。別に偉いわけじゃないから』――」

「テトも堅苦しいのは、苦手なのです」

私たちに何かを尋ねようとするサーヤさんの言葉を私が遮り、テトが堅苦しい言葉を嫌がり呼び方の訂正を求める。

強力な魔法を使える魔法使いや魔物を一撃で蹴り殺す人に対して、下手に出ていたサーヤさんは、少し迷うような素振りを見せる。

「でも……分かりました。チセさんとテトさん、でいいですか？」

そう呼び方を確かめるように名前を呼び、私たちは微笑みながら力強く頷《うなず》く。

そして、村への帰り道の途中、サーヤさんが改めて私たちに質問を投げかけてくる。

「チセさんたちは、どうして助けてくれたんですか？　それになんでこんな村に来たんですか？」

「この村の近くには遺跡があるみたいだから、見に来たのよ」

「前に遺跡の話を聞いた時から、一度見に来たかったのです！」

私とテトの言葉に、あんな場所……と言った感じで驚いているサーヤさんに苦笑を浮かべる。

確かに村人にとっては、子どもの遊び場のような場所かもしれない。

「それでちょうど村に辿り着いた時に、この熊の魔物が現れて子どもたちが森に行ったままだったことを聞いたから、急いで駆け付けたのよ」

本当に間に合って良かったわ、と呟《つぶや》く私に、サーヤさんは静かに目を伏せる。

「そうだったんですか……ありがとうございます」

「お礼は受け取るけど、村に戻ったら村中に知らせて回っていた自警団の青年にもお礼を言ってね。彼が知らせてくれなかったら、間に合わなかったかもしれないんだから」

「はい、きちんと伝えます」

私の言葉に、若干魔物に襲われた恐怖を思い出したのか表情が強張るが、きちんとお礼を言う対象は分かっているようだ。

そうして私と年長者の少女のサーヤさんは、無言で村に向かって歩く。

六つ目熊の死体を引き摺《ず》るテトと、そんなテトが担ぐ熊魔物の死体を楽しそうに見ている子どもたちの笑い声を聞きながら、村に戻る。

子どもの歩く速さに合わせていたので、少し時間が掛かったが、無事に村まで帰ってくることができた。

「おい！　子どもたちが戻ってきたぞ！」

「それに六つ目熊が女の子に背負われて運ばれているぞ!?　しかも死んでる！」

森の入口手前では、六つ目熊が出てきてもいいように、男たちが武装して待機していた。

獣系の魔物が嫌がる篝火《かがりび》も焚《た》いて待ち構えていたが、無事な子どもたちの姿に安堵し、続いて森の中に勢いよく飛んでいった冒険者である私たちが魔物を担いで運んでいる姿に驚いている。

「嬢ちゃんたち！　無事だったか！」

「ええ、無事に子どもたちを保護して連れ帰ることができたわ」

「ついでに熊も倒したのです！　解体してみんなで食べるのです！」

「ありがとう、嬢ちゃんたち！　それと熊の解体なら、井戸の傍《そば》でやるといい」

熊を担いだままテトが村の井戸の傍に向かえば、恐る恐る見ていた村人たちが、先回りして解体の準備を手伝ってくれる。

そして、村に帰ってきたサーヤさんは――

「お父さん！　お母さん！」

「ああ、サーヤ、心配したよ！　無事で良かった」

「怪我が無くて良かったわ」

心配していた両親から抱擁を受けた後、私たちに六つ目熊のことを知らせてくれた青年に向かって行く。

「セイン、あなたがチセさんとテトさんに知らせてくれたって聞いたわ。ありがとう！」

「いや、俺は……ただ伝えることしかできなかった……」

「それでも、ありがとう……じゃなかったら……私たち……」

「ああ、泣くなよ。俺は、強くなる。次は、俺自身が強くなって今後はきっちり守るから、だから泣くなよ」

遅れてきた恐怖に震えて涙を流すサーヤさんを、セインという自警団の青年が抱き締める。

「青春しているわね……」

「若いっていいのう～」

「魔女様、今は秋なのですよ」

二人の男女のやり取りを私とセイン青年の祖父は、微笑ましげに眺める。

そんな私たちを、キョトンとして首を傾げるテトがズレたツッコミをしながら、六つ目熊を引き摺っている。

そして、六つ目熊の死体を運ぶ私たちの下に、他の村人に比べて若干質の良さそうな服装をした男性が現れた。

「初めまして冒険者殿。私は村長のサムといいます。村の子どもたちを守り、更に魔物まで退治して頂きありがとうございます」

下手に出る村長の男性は、表情を硬くこちらを警戒しているように見える。

「つきましては、この度の謝礼について相談したいのですが……」

「謝礼、ね」

私がそう呟くと、村長の表情が更に強張る。

村を守る立場の村長としては、村人を襲う魔物が流れの冒険者によって退治されたからと言って、安心はできない。

その冒険者自身が村に危害を加えれば、村人を襲う魔物以上の脅威になる。

私たちが求める謝礼の内容によって、私たちへの対応を決めるのかもしれない。

だから、私は——

「——謝礼は、要らないわ」

「要らない？」

「ええ、依頼を受けていないからね。ただ、熊肉は沢山あって食べきれないから、半分以上は村に提供するから村人たちで食べて欲しいかな」

「謝礼を受け取らずに、逆に貴重な魔物の素材を提供してくださるのですか？」

唖然とする村長だが、ちゃんと訂正する。

「提供するのは、お肉だけよ。魔石や毛皮、熊の胆囊《たんのう》なんかの換金できる部位は、私たちが持ち帰るから——それで合格かしら」

私が尋ねるとセイン青年の祖父が村長の脇を軽く小突き、正気に戻す。

「あ、ああ、すまない。試すような真似をして……子どもたちを保護してくれたこと、改めて感謝する。今晩、泊まるところがないなら、報酬の代わりに空き家を貸そう」

昔は宿屋があったが、行商人か役人くらいしか来ないから潰れてしまってね、と村長が世間話をしながら説明してくれる。

「それじゃあ、交渉成立ね」

私としては、この村の心証を悪くしたくないし、何より冒険者という立場を貶《おとし》める行為をしたくない。

村長としては、Cランク魔物を倒した謝礼を払うよりも、空き家を貸し出した方が安くつく。

そうした話し合いをしている内にテトの方では、六つ目熊の解体を終えていた。

「魔女様〜、解体が終わったので、魔法での処理をお願いするのです〜」

「ええ、分かったわ」

テトに解体された六つ目熊の死体は、部位ごとに綺麗に解体されていた。

土属性の黄色い魔石が取り出されて、綺麗に一枚に繋がった黒い熊の毛皮が敷かれている。

他にも剥がした熊肉は、テトの黒い魔剣で手頃な大きさにぶつ切りにされて手伝いの村人たちによって運ばれていく。

六つの目や胃や腸などの使い道のない捨てる部位は、畑の傍に掘られた穴に捨てられ、薬の素材として使える胆嚢は革袋に入れて分けてくれている。

「本当に、テトは解体が上達したよね」

「ふへへっ、魔女様に褒められたのです〜」

開拓村を旅立ってから一年、各地を放浪しながら倒した魔物を解体し続けていた。

最初は、魔石を取り出しただけで他の部位がボロボロになり、素材の売却額が大幅に減ったりした。

その内、ギルドに魔物の死体を持ち込み、プロの解体を目で見て学習したテトが、実践を繰り返すようになった。

ゴーレムから進化した新種族のアースノイドであるテトは、ゴーレムとしての精確性と高い学習能力により、綺麗に魔物を解体できるようになったのだった。

「それじゃあ、私もやりましょうか。――《ウォッシュ》！」

魔法で作り上げた水球の中に渦を起こし、剥いだばかりの毛皮を投げ込む。

渦の回転と水の洗浄力で毛皮に付いた汚れやゴミ、毛皮の裏側に残る血や脂も水で洗い流す。

突然、生み出された水球が毛皮を揉《も》み洗いする様子に村人たちは、驚きと感嘆の声を上げる。

『『『――おぉぉぉぉっ！』』』

「あとは、脱水して、乾燥させて売り出せば、本職の人がすぐに鞣《なめ》してくれるわね」

水球の水を交換して濯ぎ洗いをした後、風魔法で脱水する。

魔法による熱風での乾燥だと毛皮自体が傷んでしまうので、柔らかな冷風を送ってじっくりと時間を掛けて乾かす。

そんな空中を舞う一枚の熊の毛皮に、大人も子どもも魔法という身近にない物に目を輝かせている。

そして、処理が終わった熊の毛皮を丁寧に丸めて、腰のベルトにあるポーチ型のマジックバッグに押し込めば、吸い込まれるように収納される。

熊の胆嚢に関しては、革袋の中身を熱を加えずに水分だけを分離する魔法――《ドライ》によってカラカラに乾かす。

毛皮にやると毛皮の水分や油分まで飛んでしまうので、素材によって使う魔法を変えているのは余談である。

そうして素材の処理の半分が終わり、残ったのは大量の熊肉である。

そして、大事な村の危機を救ってくれた客人である私たちを持てなすために、男たちが村の祭りで使う大鍋を持ち出し、女たちが各家々の野菜を持ち寄って熊肉の調理を始める。

私とテトは、客人なのだからと言われて、子どもたちや老人たちと話しながら待つのだった。

3話【恐ろしい魔物もお鍋になれば、怖くない】

討伐した六つ目熊の体重は４００キロほどあったが、解体で内臓を抜いて、毛皮を剥ぎ、骨を取り除いて肉だけを取り出せば、体重の半分の２００キロになる。

更に、美味しい部位の50キロは私たちが受け取り、残りの１５０キロもその三分の二は、六つ目熊の脂肪である。

そうした熊の脂肪を村の奥さんたちが包丁で削ぎ落とし、薄くスライスした熊肉を鍋底で炒める。そこに切った野菜を入れ煮込んで灰汁《あく》を取り、更に香草や塩で味を調え、小麦団子を入れた熊のスープは、美味しそうな匂いをしていた。

「どうぞ！　これが熊のスープです！　どんどんお替わりしてくださいね！」

日も短い秋の空がそろそろ暮れようとする頃に、完成した熊のスープをサーヤさんが運んでくれる。

「ありがとう、いただくわ」

「ありがとうなのです！　いただきまーす、なのです！」

早速、受け取った熊のスープを一口飲めば、温かな味にホッとした吐息が零《こぼ》れる。

熊肉を炒める時に削ぎ落とした熊肉の脂肪で炒めたのか、脂の甘さとホクホクの野菜の味が安心させてくれる。

薄くスライスされた熊肉は、少し獣肉らしい独特な食感だが噛むほどに旨みが出る。

ジャガイモや小麦団子のデンプン質が溶け出して、熊のスープにとろみを感じるので冷めづらくて体の芯まで温まる。

「ねぇちゃん、ねぇちゃん。このキノコ、私たちが取ったやつ！」

「そっちの野菜は、僕の家の畑のなの！」

子どもたちも熊のスープを受け取り、私の周りで自分たちが森で採ったキノコや畑の野菜を見つけて嬉しそうに報告してくれる。

「そう、今日頑張った成果が詰まっているんだね。とても美味しいわ」

「みんなが頑張った食材は、美味しい熊のスープになったのです！」

私たちが褒めながら美味しそうに食べると、子どもたちも嬉しそうに熊のスープを飲み、お替わりを貰いに行く。

私は、熊のスープ二杯でお腹一杯になるが、テトは私の倍以上食べてもお替わりするので、私はぼんやりと熊のスープを食べる人たちの様子を眺めていた。

「こうして食べてしまえば、どんなに恐ろしい魔物も形無しよねぇ」

食べて満足したのか、頭を前後に揺らして船を漕ぎ始める子どもが現れたので、それぞれの母親たちが家に連れ帰っている。

それと入れ替わるように大人たちが酒場に移動してエールを飲みに行くようだ。

そろそろお開きという段階になり、サーヤさんが近づいてきた。

「村長さんからお二人が泊まる空き家に案内するように言われました」

「サーヤさん、ありがとう。テト、行きましょう」

「もぐもぐっ……はーい、なのです！」

最後の一杯を掻き込むように食べるテトに苦笑を浮かべて、今日泊まる空き家に向かう。

そんな中、サーヤさんは一人で重そうに中の入った鍋を持っていた。

「そのお鍋重そうだけど、運ぶの手伝う？」

「いえ、大事な恩人であるお客さんにそんなことさせられませんよ！」

「気にしなくていいのです。ほら、テトが運べば楽なのです！　……おろ、脂肪なのです？」

テトは、サーヤさんから鍋を受け取るとその中身を見て不思議そうに首を傾げる。

「脂って熊のスープを作る時に削ぎ落としたやつよね」

「はい。私は村の薬師なので、これで軟膏を作るんです」

まぁ、先代のお婆ちゃんにも及ばない見習いですけど、と苦笑を浮かべている。

「へぇ、興味があるわね。私も一応、調合師なのよね」

「調合師ってことは、ポーションが作れるんですか！　凄いですね！」

世間一般に、薬師と調合師は、別な存在である。

薬師は薬草などの知識を持ち、薬草を煎じて民間療法を行う人たちだ。

調合師は、薬草などを調合する際に魔力を付与して、ポーションなどの魔法薬を作る人のことだ。

私は、熊脂——正確には、動物の脂肪から軟膏を作る方法を知らないために、興味が湧いた。

「私も見せてもらっていいかな？　その軟膏作りを」

「いいですよ。村の外れの離れでお薬を作ってるんですよ」

話を聞くと、私たちが借りる空き家の裏手にある離れに通って薬師として薬を作っているらしい。

村の外れなので少し利便性は悪いが、薬を作る際に臭いが出るので、村から離れた場所の方が都合がいいらしい。

「このお鍋は、どこに置けば良いのですか？」

「あっ、そこのテーブルに置いてください。お手伝いありがとうございます。今日は遅いので明日、軟膏作りをしましょう。それじゃあ、空き家に案内しますね！」

サーヤさんが離れに熊の脂肪を運んだ後、空き家の方に案内してくれた。

空き家は、定期的に掃除されているのか綺麗《きれい》で台所と家具一式が揃い、更に寝室がある。

「朝食のお世話とかは、私が明日しますね。それじゃあ、お休みなさい」

「サーヤさん、お休みなさい。それとお世話になるわ」

「お世話になるのです！　明日の朝ご飯を楽しみにしているのです！」

そう言って、空き家から出て行くサーヤさんを見送れば、離れに向かって明かりが灯るのが見えた。

薬師ということで、今日採取した薬草の処理があるのだろう。

「魔女様、良かったのですね！　新しいお薬の作り方を教えてもらえるのです！」

「ええ、そうね。明日の朝って言うから、遅れないように今日は寝ましょう」

「はーい、なのです！」

私とテトが空き家に入り、《ライト》の魔法で部屋に明かりを灯す。

そして、寝る前に《クリーン》の魔法で身を清潔に保ち、マジックバッグから寝間着を取り出して着替える。

「ふぅ、こうして楽な格好をすると一日が終わるって気分になるわね」

「テトもそう思うのです！」

遺跡目当てにこの村を訪れたが、予定外の魔物討伐をしたり、熊のスープを食べたり、獣脂の軟膏の作り方を教えて貰う約束をしたりなど――今日一日で色々なことがあった。

それに近くに森があるためか、この村がどことなく一年前に滞在していた開拓村の雰囲気に似ているような気がした。

そうしてベッドに腰掛けて、今日食べ忘れていた【不思議な木の実】を齧《かじ》りながら、自分とテトのステータスを可視化する。

名前：チセ（転生者）
職業：魔女
称号：【開拓村の女神】【Cランク冒険者】
Lv60
体力1150／1150
魔力13400／15400
スキル【杖術Lv3】【原初魔法Lv7】【身体強化Lv5】【調合Lv4】【魔力回復Lv5】【魔力制御Lv7】【魔力遮断Lv6】……etc.
ユニークスキル【創造魔法】【遅老《ちろう》】

【テト（アースノイド）】
職業：守護剣士
称号：【魔女の従者】【Cランク冒険者】
ゴーレム核の魔力32640／32640
スキル【剣術Lv6】【盾術Lv3】【土魔法Lv6】【怪力Lv4】【魔力回復Lv3】【従属強化Lv3】【身体強化Lv8】【再生Lv3】……etc.

開拓村を旅立ってからも【不思議な木の実】を食べ続けて1年が経ち、魔力量が約15000まで増えた。

それに伴って幾つかの弊害が生まれた。

私の魔力量が急激に増えたことで、魔法の扱いが不安定になったのだ。

また、多すぎる魔力がそのまま垂れ流しの状態だったために、【魔力感知】スキルがある人間や魔物に気付かれやすくなっていた。

そのために一時期、人里離れた山奥で魔物を狩りながら、【魔力制御】と【魔力遮断】スキルを鍛えていたのだ。

その結果、体の外に漏れ出る魔力を抑え、魔力の制御能力を上げ、【身体強化】の運用効率が上がった結果――新たなスキルが生えた。

それが――【遅老】スキルだ。

効果は、老いそのものが遅くなるスキルである。

【身体強化】を使う人間は、身体が活性化されて全盛期を長く保ち、魔力が多い人間ほど寿命が延びやすい。

そのために13歳になった私だが、一年前とほとんど外見……と言うか身体的な特徴が変わっていない。

そして、テトの方はと言えば——

「あー、熊の魔石は、芳醇な味わいなのです〜」

私が【不思議な木の実】を食べる一方、テトは六つ目熊の魔石をボリボリと食べている。

今のように私との旅の中で倒した魔物の魔石をゴーレムの核に取り込んで、一年前よりも順当に全体的なステータスやスキルが向上している。

「さて、そろそろ寝ましょうか」

「今夜も魔女様と一緒に眠るのです！」

そんなステータスの確認を終えた私は、テトに抱き締められるようにしてベッドで眠るのだった。

4話【知識は、お金で買えない価値がある】

朝、目が覚めて窓を開ければ、秋の冷たい空気が部屋の中に入り込んでくる。

それを胸一杯に吸い込んで、スッキリとした気分になったところで、まだベッドで眠っているテトを揺り起こす。

「テト、朝よ。起きなさい」

「魔女様、おはようなのです！　テト起きたのです！」

「ふふっ、おはよう」

相変わらず寝起きのいいテトに、微笑みを浮かべて挨拶をする。

その後、着替えた私たちは、空き家の裏手の井戸で顔を洗う。

「サーヤさん、おはようございます」

「おはようなのです！」

「あっ、起きられたんですね。おはようございます」

薬師のサーヤさんも朝早くから起きており、手には水桶があった。

「水汲みですか？」

「朝食を作るのに必要ですからね」

「テトが手伝うのです！」

本当は、私が魔法で水を出した方が早いが、井戸に桶を落としてロープを引っ張り上げるテトが楽しそうにしているので、それを見守ることにした。

「それじゃあ、朝ご飯を作っちゃいましょうか」

元気よく答えるサーヤさんは、空き家の厨房の方に入って、私たちのために朝食の用意を始める。

その調理を手伝うために私は、魔法で竈《かまど》に火を灯し、テトが食器を並べるのを手伝う。

「魔法で火を熾《おこ》せるのは凄いですね！　流石、魔法使いです！」

「そう？　ただの生活魔法よ。野営で調理をする時は、いつも魔法で火を熾して水を作り出しているからね」

「薪代が節約できて羨ましいです。私は、魔法が使えませんから」

サーヤさんは、産み立ての玉子を割ってフライパンで焼きながら、竈に掛けられた、安定した魔法の炎を羨ましそうに見つめている。

こうやって一緒に調理するのが楽しいのか、昨日よりも明るい表情を見せてくれる。

そうしてできた朝食は、パンと野菜のスープ、半熟の目玉焼き、葉物野菜のサラダだ。

「さぁ、朝ご飯を食べましょうか！」

「ええ、そうね。いただきます」

「美味しそうなのです！　いただきます、なのです！」

私たちは、少し硬めのパンをスープでふやかして食べ、千切ったパンに崩した目玉焼きの黄身を絡めて食べたりした。

葉物サラダには、塩と植物油、酢、少量の乾燥ハーブを混ぜたサーヤさん特性のドレッシングが掛かっているためか、美味しかった。

「どう、ですか？」

そんな朝食を食べる私たちにサーヤさんは、おずおずと朝食の感想を求めてくる。

「美味しいわ。温かくて、ほっとする味ね」

「お替わりが欲しいのです！」

私とテトの感想に安堵するように小さく息を吐き出し、テトのお替わりを笑顔で盛り付ける。

そうして、食後にサーヤさんが作ったオリジナルのハーブティーを飲んで一息吐いた後で、三人で離れに向かった。

「動物の脂肪から軟膏を作るには、とても手間が掛かるんですよ」

「そうなのね」

「はい！　一日、二日じゃできないですけど、できる範囲を実演しますね！」

「テトもお手伝い頑張るのです！　力仕事は、任せて欲しいのです！」

サーヤさんは、昨日運び込んだ六つ目熊の脂肪を集めた鍋を引っ張り出し、更に包丁などの道具を次々と揃えていく。

その姿は、魔女である私よりも魔女らしく見えた。

「まずは、作り方の説明です。準備はいいですか？」

「ええ、大丈夫よ」

「バッチリ、なのです！」

私は、マジックバッグから調合の記録用の本とペンを取り出す。

開拓村の調合師の冒険者から学んだレシピの他にも、この一年の旅の中で見つけた本に書かれていたレシピや民間療法、その他薬に使える素材について纏めてある。

そんな記録用の本を開いていると、サーヤさんは不思議そうにその本を覗き込んできた。

「チセさん、その本は？」

「私の記録用の本よ。調合のレシピの手順とか、素材の分量とか……後で自分で実践してより効果の高い配合とかを記録するのに使っているの」

「ちょっと見せてもらっていいですか？」

そう言うサーヤさんに本を渡すと、最初のページから読んでいく。

調合師が作るポーションのレシピから民間療法、薬に魔力を付与する時のコツ、未確認の魔法薬のレシピや確認済みかつ効果量の高い配合の検証記録などをざっと流し読みしている。

内容はそれほど多くないが最後まで読み終わったサーヤさんは、深い溜息を吐き出し、私に本を丁寧に返してくれる。

「羨ましいですね。さっきも言ったとおり、魔法が使えれば薪の節約になりますし、ポーションを作れれば、今よりいい薬が作れますから」

サーヤさんがしみじみと呟《つぶや》くほどに、魔力を付与する調合師とただの薬師では大きな差がある。

「……良ければ、本の写しを作る？　もしかしたら調合師になれるかもしれないわよ」

私の本の写しがあれば、手探りよりも独学ではあるが調合師になれる可能性がある。

そんな私の提案にサーヤさんが慌てたように驚く。

「ええっ⁉　私が調合師なんて無理ですよ！　それに、本なんて簡単に写して渡して終わりじゃ無いですよ！　とっても大事な物ですよ！」

この世界に転生して一年以上経つが、知識の伝達と共有の速度は非常に遅く、また有用な知識は秘匿される傾向が強い。

その知識の集大成の一つである本を手に入れる機会は、そうそうないのだ。

その事は、サーヤさんも知っているようだ。

だから、調合師のための知識を書き留めた私の本を羨ましく思ったようだ。

「村を旅立つまでに用意しておくわ」

「チセさん⁉」

「魔女様は、こういう人なのです！　それにサーヤさんは、いい人だから貰って欲しいと思うのです！」

「テトさんも⁉」

私とテトに翻弄されたサーヤさんは、驚き何度も深呼吸を繰り返す。

「もう、からかわないでくださいよ。それより軟膏を作りますよ」

「そうね。それじゃあ、作り方を教えてくれる？」

少しお喋りが過ぎたが、熊や鹿、イノシシなどの狩猟で獲れる動物の脂肪から作る軟膏の作り方を教わり始める。

「用意する物は、濾《こ》し布と熱い油を触るから革の手袋が必要です」

サーヤさんは、近くの棚からそうした道具を取り出していく。

「テトさんは、朝食で用意したみたいに井戸から水を運んでくれますか？」

「分かったのです！」

サーヤさんから水桶を受け取ったテトは、井戸から水を汲みに行くために出て行く。

その間に私はサーヤさんに、脂肪の下処理の方法を教えて貰う。

「まずは、脂肪が溶けやすいように小さく角切りにして鍋に入れていくの」

数センチ角に切った脂肪を鍋に入れて、そこにテトが運んできた水を注ぐ。

そして、水を入れた鍋を火でグツグツと煮ていき、木べらで混ぜて動物の脂肪を湯煎で溶かしていく。

竈は、私が朝食の時と同じように火魔法の炎を熾して薪を節約する。

秋から冬に向かうこの時季は薪を溜めておかないと、冬場に凍えてしまう。

そんな中で、動物の脂肪から作る軟膏は、薪を消費して、手間も掛かる。

本来は、秋から冬の暖を取るついでに、越冬のために獲物が蓄えた脂肪を溶かして軟膏が作られるのだそうだ。

サーヤさんから文化や習慣のそういった話を聞きながら、本に軟膏の作り方と共に書き留めていく。

「チセさん、ちゃんと作り方は残していますか？」

「ええ、ちゃんと残しているわ」

工程を一つ一つ確認するサーヤさんに私がそう答える。

そして、一通り熊の脂が鍋のお湯に溶けたところでサーヤさんが次の指示を出す。

「さぁ、ここから油を絞ります」

溶けた熊の脂とお湯を濾し布に通して、別の鍋に移し替える。

そして、革の手袋を付けたサーヤさんは、濾し布に残った熱々の脂肪の塊を揉《も》み解して、油を絞り取る。

「あち、あちちちっ！　テトさん、平気なの!?」

「大丈夫なのですよ～」

サーヤさんは、革の手袋をしつつも恐る恐る絞るが、テトは元がゴーレムのために熱さなど物ともせずに力一杯絞っていく。

そうして、脂肪を削ぎ落とした時に残った肉片や血が分離し、鍋には濾し取られて綺麗《きれい》な熊の脂が溜まっていく。

「こうやって濾した油を更に5、6回濾して不純物を取り除くんです。そして、そうやって濾した油を冷たい井戸水や冬場の雪で冷やして固めれば、今日の作業は終わりです」

「結構、重労働なのね。それで軟膏が完成なの？」

「ううん。その後は、固まった油の表面に浮くゴミや不純物を取り除いて、また角切りにして水を加えて鍋で溶かして、冷やし固める。それを5回以上も繰り返すんです」

「そんなに手間が掛かるのね」

ある程度まで作業が進んだら、分離の魔法などで不純物を取り除いた方が早く作れるんじゃ無いか、と思う。

まぁ、この辺りは魔法による改良ができそうだ、とメモを書き残す。

「それじゃあ、今日はこれで終わりです」

「サーヤさん。軟膏の作り方を教えてくれて、ありがとう」

「ありがとうなのです！」

一通りの作り方を教えてもらいお礼を言うと、サーヤさんは少し気恥ずかしそうにする。

「私はこれから冬場の薪を拾いに行くけど、チセさんたちはどうする？」

お礼を言われた気恥ずかしさを隠すために話題を変えるサーヤさんに、私たちは答える。

「遺跡を見に行こうかな。それがこの村に来た理由だから」

「どんな場所か楽しみなのです！」

「それなら、薪拾いのついでに遺跡の案内もしてあげるね」

そう言うサーヤさんは、できた油に埃《ほこり》が被らないように鍋に蓋をして、一回り大きな容器に冷たい井戸水を浸して仕舞う。

「それじゃあ、チセさんとテトさん、行きましょう」

私たちは、薬師の離れを綺麗に片付けてから、サーヤさんの案内で遺跡に向かうのだった。

5話【遺跡に残されたお宝】

「チセさん、テトさん、遺跡まで案内しますね」

薪を拾うための背負子《しょいこ》を担ぐサーヤさんに案内されて、私とテトは遺跡に向かう。

村から出て、昨日現れた魔物――六つ目熊を倒した方向とは反対側に進む。

落ちた枝を拾い集めるのを手伝いながら、この村の住人であるサーヤさんから遺跡について詳しく聞く。

「この遺跡は、子どもたちの遊び場になっているんですよ。それに中の温度が一定だから、夏場は、ここで一休みしたりするんです」

他にも急に雨が降られた時の雨宿り先として、地域の住人たちに活用されるらしい。

「こういう場所って魔物が住み着きやすいけど、その辺りはどうなの？」

「なんでも、魔物避けの効果が残っているらしくて安全らしいですよ。遺跡の奥は所々崩れていたりするんで、入口で少し休むくらいしか使いませんね」

まぁ、何年かに一度は、子どもたちが冒険と称して奥まで入って、大人たちが探しに出かけるんですよねぇ、とサーヤさんが苦笑を浮かべている。

その話に私とテトが相槌を打ちながら聞き入る。

「あっ、見えてきました。あれが遺跡です！」

小高い丘に埋れるように存在する遺跡の周りには、木々が伐採されていて、遺跡の前は広く造られている。

入口には、後付けの屋根と野生動物が入らないように扉まで取り付けられている。

「あれが、遺跡ね。テト、気付いた？」

「はいなのです。周りから魔力を吸っているのです」

私が小声で尋ねると、テトが頷《うなず》く。

【身体強化】の応用で目元に魔力を集中させれば、遺跡周囲の魔力の流れを見ることができる。

この遺跡は、人間の発する微弱な魔力や自然界に影響の無い程度の魔力を吸収し、不足する分は近づく魔物の魔力を選別して吸い上げているようだ。

だから、疑似的な魔物避けになっているのだろう。

「テト、大丈夫？」

「大丈夫なのです。このくらい平気なのです！」

テトは、元ゴーレムから進化したアースノイドという種族だ。

体内にゴーレムの核を持ち、核の魔力で活動するために定義的には、魔族と呼ばれる。

そのために遺跡は、テトから多くの魔力を集めようとしている。

だが、ただの魔物とは違い、テトは【身体強化】を習得しているために、流出しようとする魔力を上手く自分の周りに押し留めている。

「まぁ、私たちにとっては、この程度は誤差かな」

魔力の少ない村人たちから微々たる魔力を吸っているだけの遺跡だ。

この程度の吸収速度では、私の魔力の自然回復量の方が多い。

テトの場合、魔石を食べたり、私からの《チャージ》による魔力補給があるために、大して問題にはならない。

「遺跡の入口です。中にどうぞ」

「ありがとう。早速、遺跡に行きましょう」

「楽しみなのです」

サーヤさんと共に遺跡に入ると、青みがかった石材で造られた遺跡の通路が目に入った。

遺跡の通路の高さと幅は、ダンジョンの通路より一回り狭いが、人が通行するには不便に感じない程度の広さだ。

「あんまり暗くないかな」

「床が少し光っているのです！」

遺跡の入口は、人の出入りや風雨で流れ込んだ土石が通路の端に積もり、そこからヒカリゴケなどの微量の魔力と光を発する植物を生やしているためだろう。

「ちょっと幻想的ね。でも、やっぱり暗いかな。――《ライト》！」

私は、魔法で光球を灯し、周囲を照らしながら遺跡の奥に進んでいく。

遺跡の奥に進むほど、流れ込む土石の量が減って光が入らないのでは、と思うが、遺跡は所々に崩れて木の根が建物の中を侵食しており、その隙間から光が入り込んでいた。

「この先に進むと他の通路に通じる大部屋があるんですよ！」

普段、子どもたちの遊び場としては、その大部屋まで使っているらしい。

辿り着いたそこは、それぞれが森の中から運んだのか手頃な石が椅子のように置かれており、大部屋の天井の端が崩れて光が差し込む。

他にも子どもたちが持ち寄った木の棒やボロ切れ、壊れかけのランタンなどが無造作に置かれており、秘密基地と言った感じだ。

そんな大部屋の壁には、歴代の村の子どもたちが石か何かを擦り付けて自分たちの名前を刻みつけた跡を見つけて、苦笑を浮かべる。

「遺跡ってこうなっているのね」

「チセさんとテトさんは、この遺跡を見て何か分かりませんか？　こう新たな発見とか？」

「ないわ。ただ、興味があって寄っただけで専門知識はないわ」

「テトは、魔女様の付き添いなのです～」

そんな私は、近くに落ちている遺跡の建材の破片をそっと拾い上げて、鑑定のモノクルで調べてみる。

調べた結果、魔力を吸収して硬度を増す素材でできており、それを魔法で加工して造られたようだ。

約８００年前――魔法による建築に長《た》けた人たちが造り上げる途中で放棄した、と言ったところだろうか。

遺跡の規模は、小規模な集団が使う別荘だったが、そのまま天変地異で埋没したようにも見える。

「大昔に魔物との生活圏争いに敗れて、埋れた場所なのかもね」

魔物のスタンピードによる人間の生活圏の縮小とその後の魔物の正常化。

そして、魔物の支配領域に置かれた地域では、土地や植生が大幅に変動し、建造物の多くは朽ちていく。

朽ちるはずの人工物が魔力によって形を保ち、人の開拓と共にその姿を再び現した物が、遺跡と呼ばれる。

大地の変化と物の劣化が魔力の為す業に対して、それを保持し続けるのもまた魔力であるのは、面白いと思う。

「碑文とかそういうものは、見たことないかなぁ。あっ、でも、あっちに行ってみませんか？　いい物があるんですよ！」

「いいもの？」

「気になるのです！」

サーヤさんがいい物があると言って右の通路を指差すので、私が小首を傾げてテトが興味を示す。

「二人ともこっちに来てください」

サーヤさんが案内するために先行する中、私とテトは一度顔を見合わせてその後を追う。

そして、右の通路を進んだ先に辿り着いたのは、遺跡の突き当たりの小部屋だった。

「ここがいい物がある場所です！」

振り返るサーヤさんが指し示したのは、遺跡の床の罅割《ひびわ》れから水が湧き出し、その真上の天井は崩れて穴が開き、空が見える。

そんな小部屋の湧き水を吸って育つ壁や天井を這う蔦植物が花を咲かせているのだ。

「綺麗《きれい》なのです！」

「この花は、村の近くではここにしかないんですよ！」

「この花を見せたかったのね……」

サーヤさんの見せたい物にテトが素直に感嘆の声を上げる中、私は本当に思わぬいい物に驚く。

そんな私たちに対して自慢げなサーヤさんは、花の一つを摘まんで花弁を引っこ抜いてみせる。

「こうやって花びらから甘い蜜を吸えるんですよ」

村の子どもなら誰でも一度はやることをサーヤさんは、実演する。

嬉しそうに花の蜜を吸うサーヤさんの真似をするように、私とテトも花弁を一つ引き抜く。

「本当だ。ほんのりと甘いわ」

「甘いのです！　でも、ちょっと物足りないのです」

花弁の根元に甘い蜜がたまっているのか、唇で潰すように咥《くわ》えると蜜の甘さが口に広がり、スッと消えた。

テトは、物足りないのか、二、三本の花弁を一度に引っこ抜いて咥えて、花の蜜を吸っている。

そんな子どもっぽい楽しみ方をするテトに、私とサーヤさんが微笑みを浮かべる。

サーヤさんたちのお宝であるこの花は、私にとって遺跡見学に匹敵するほどのお宝だった。

「何の花か知らないですけど、お爺ちゃんたちのその前の頃からみんな花の蜜を吸ってたんですよ」

「――【ロニセラス】よ。ロニセラスの銀花」

「……ロニセラス？　それに銀貨？」

「【ロニセラス】っていう珍しい蔓植物の薬草よ。その白い花の蜜は、スプーン一杯でも銀貨十枚で取引されたことがあるから、銀貨のなる花で銀花と呼ばれることもあるらしいわ」

私は、マジックバッグから薬草辞典を取り出し、とあるページを開けば、忠実に模写された絵と共に【ロニセラス】の説明とその逸話、この薬草から作られる魔法薬とそれに有効な病状などが書かれている。

「スプーン一杯で銀貨……わ、私たち、とんでもない貴重品を野花みたいに吸ってました」

ちゅーちゅーと遠慮なく花の蜜を吸っているテトを横目に、薬草辞典の説明文を食い入るように見つめるサーヤさんは、愕然《がくぜん》とした表情でその場にしゃがみ込んでしまう。

私は、サーヤさんを安心させるために、逸話の続きのページを開いて説明する。

「大丈夫よ。花の蜜は、長く保存できないからこそ、珍しい甘味として貴族が買い求めたそうよ」

「ほ、本当ですか」

「ええ、本来薬として使われるのは、蔓の部分よ。解熱と鎮痛、呼吸器官系を落ち着ける効果があるわ」

他にも複数の素材と合わせて、魔力を付与することで特定の伝染病の薬にもなる。

「そう、なんですか……」

貴重品だと思ったが、実は早とちりだったことに気付いて安堵したサーヤさんは根っからの小市民らしい。

まぁ、【ロニセラスの蔓】をきちんと処理すれば、小さな袋で銀貨数枚以上で売れるのだが、今は黙っておこう。

6話【繰り返す出会いと別れ】

遺跡に自生していた【ロニセラスの蔓】を採取した私たちは、遺跡から出て村に戻る。

「今日は、ありがとう。明日から私たち二人で遺跡を詳しく探索させてもらうわ」

「案内ありがとうなのです！　楽しかったのです！」

「こちらこそ、貴重な薬草について教えて頂き、ありがとうございます。一度、お父さんたちに話して、そこから村長さんたちとどう薬草を守っていくか話し合いたいと思います」

実物の【ロニセラスの蔓】を持ち帰った私たちは、薬師の離れに立ち寄って薪置き場に森で拾った木の枝を降ろす。

そして、【ロニセラスの蔓】について村長さんに報告する。

「なるほどなぁ。乾燥すれば、長期に保存できて村で使えて、遠方に運んでも売れるってことだね。サーヤちゃん、頼めるかい」

話を聞いた村長さんは、私たちが取ってきた【ロニセラスの蔓】と薬草辞典を食い入るように見つめながら、愉快そうに口元に笑みを作り、サーヤさんに【ロニセラスの蔓】の乾燥処理を頼んでいた。

本に書かれていることは、簡易的な内容で完璧な処理方法ではないが、サーヤさんは薬師として薬草を扱っている者として、経験則から丁寧に薬草を処理していく。

「私たちも手伝うわ」

「テトも力仕事を手伝うのです～」

「ありがとう、チセさん、テトさん！」

そうして、三人で【ロニセラスの蔓】の処理を行い夕食を食べた後、サーヤさんは家に帰り、私とテトも借りている空き家に入る。

「魔女様、もう寝るだけなのです」

「そうね。けど、寝る前にやりたいことがあるわ。――《クリエイション》！」

私は、寝る前に魔力を消費して物品を生み出す【創造魔法】で白紙の本を創り出した。

その本に調合ノートの内容と、今日教わった獣脂から作る軟膏のレシピ、薬草辞典に書かれていた一般的な薬草と【ロニセラスの蔓】について抜粋した内容を書き写す。

「魔女様？　本を書き写しているのは、サーヤにあげるやつなのですか？」

「ええ、そうよ」

調合師の腕は、魔力量などの本人の資質に左右されるが、知識は無駄にはならない。

「魔女様、手書きだと大変なのです。もっとバーッと写せる道具を創るか、本自体を【創造魔法】で

「現代の印刷機やコピー機のような魔導具があれば内容を素早く紙に写せるし、そもそも【創造魔法】で同じ内容の本を創り出せば済む話だ。

その事に疑問を思ったテトに対して私は、少し言葉を選びながら答える。

「そうね。怪しまれないためってのもあるかな。全く同じ背表紙で同じ文字の本が並ぶなんてのは、ありえないからね。まぁ、それは建前かな」

「建前なのですか？　それじゃあ、本音は何なのですか？」

「本音としては、やっぱり手書きの物の方が心が籠って温かみがあるような気がするからね」

真面目に言うと少し恥ずかしくて、苦笑気味に答える。

「まぁ、手書きで全部書き写すのは、大変なんだけどね」

「うーん。テトは、魔女様がくれるものなら何でも嬉しいから、よく分からないのです」

ベッドに腰を掛けていたテトは、唇を尖らせて考え込む。

そんなテトの様子を横目で見ながら、白紙の本に調合の知識を書き写していく。

ただ、少し問題があって――

「ううっ、あんまり絵心はないみたいね」

私には、文字を書き写すことはできても、繊細な植物の模写などは苦手なようだ。

そこでテトがベッドから立ち上がる。

「魔女様、テトも手伝うのです！」

「ああ、そうね。それじゃあ、植物の模写をお願いね」

「任せて欲しいのです！」

途中でテトに写本作りを任せる。

元ゴーレムの精確性を有するテトは、本の絵を正確に記憶してそれとそっくりに絵を描き込んでいく。

その描き込み具合に、私も思わず見惚れてしまう。

「できたのです！　魔女様、どうなのですか！」

「凄いわ、完璧よ。……ふわぁ」

そして、本に絵を綺麗《きれい》に描くことができたが、本を写すのは一日では終わらず、眠気を感じて欠伸《あくび》が零《こぼ》れてしまった。

「魔女様、眠そうだから今日はもう寝るのです」

「きゃっ！　ちょっとテト、抱えなくても自分でベッドに入れるわよ」

「魔女様は、すぐに夜更かししようとするのです！　だから、テトがベッドに運ぶのです」

欠伸をした私をテトが横抱きでベッドまで連れていく。

「まったく、もう。おやすみ、テト。明日も頑張ろう」

「はいなのです！」

そうしてテトと一緒にベッドで眠りに就くのだった。

それから翌朝に、サーヤさんと一緒に朝食を食べた後、私とテトは遺跡の調査に向かう。

昨日は、行けなかった遺跡の奥や崩落した場所をテトが土魔法で探知して、土石を退かして天井を補強しながら調査した。

残念ながらお宝などはほとんどなく、ただ遺跡に対しての思いを馳せながら、壁に残された模様を模写し、残された文字から遺跡が存在した当時の情景を想像するのは、楽しかった。

夜にはテトに手伝ってもらい、調合ノートや薬草辞典の内容を白紙の本に書き写す。

そんな日々が続き、遺跡の調査も終わって写本が完成した。

そして五日目の朝――

「昨日で遺跡を調べ終わったから今日、この村を発つことにするわ」

「今までお世話になったのです！」

「えっ……」

ここ数日、サーヤさんと一緒に取っていた朝食の場で話を切り出すと、サーヤさんは一瞬何を言っているのか分からない様な表情を浮かべる。

だが、構わずに私は用件を話していく。

「一応、借りていた空き家は最後に掃除して綺麗にしたから、後で村長さんに伝えてくれる？」

「ちょっと待って！　急過ぎますよ！　ほら、もう少し居てくれてもいいんですよ！　それに準備とかもありますよね？　えっと……あと三日くらい滞在しても」

私の言葉をジワジワと理解したサーヤさんが、私たちを引き留めようとする。

だが、私は少し困ったようにサーヤさんを見つめて、首を小さく横に振る。

「……どうして？　チセさん、テトさん、この村が嫌いになったんですか？」

「ううん、この村は素敵よ。森の恵みがあって穏やかな場所だし、サーヤさんはいい人だよ」

「一緒に過ごせて楽しかったのです！」

じゃあ、どうして？　と小さな子どもが縋《すが》るように見つめてくるサーヤさんに、私は答える。

「そろそろ冬が近いからね。寒さや雪で身動きが取れなくなる前に、出て行かないと……」

雪が大地を覆う冬場になると、いくら冒険者と言えども容易に旅をする事が難しくなる。

更に、討伐や採取依頼をするのが難しくなるので、より安定して稼げる大きめの町やダンジョン近くの都市に移動するのだ。

私たちの場合は、【創造魔法】や膨大な魔力を活用すれば、どんな環境でも生きていけるので、それは建前だ。

本音としては、開拓村から旅立った時のように、同じところに長く居続けると離れる時に辛くなるからだ。

「それに私たちには、目的があるのよ」

「……目的？」

「魔女様と一緒に【虚無の荒野】を探すのです！」

力強く言うテトの言葉に、私は頷《うなず》く。

旅行記に僅かに書かれた地名に心惹かれた、私が探す場所だ。

全てを語れない私たちがただ静かに見つめ返せば、サーヤさんは納得しないが理解してくれた。

「友達ができたと思ったのに、もうお別れなんだね」

短い時間の中で、私たちとの関わりは濃密だったんだろう。

それが今日、急に旅立つことを聞かされて混乱したのだ。

そんなサーヤさんに私とテトは、言い聞かせる。

「私もサーヤさんを友達だと思っているわ」

「もう二度と会えなくても、友達は友達なのです！」

私もテトも、サーヤさんのことを旅先で出会った好ましい友人だと思う。

そうした友人たちとの出会いは、一度切りかもしれないが、大事にしたいのだ。

「……本当は分かってた。冒険者だから、いつか旅立つ、って……ちょっと待って！」

席を立ったサーヤさんが薬師の離れに向かい戻ってきた時には、小さな陶器の容器を持っていた。

「チセさんたちが旅立つと思って準備していたけど、間に合って良かった！」

そう言って小さな容器の蓋を開ければ、白い塊が入っていた。

「わぁ、美味しそうなのです！」

「サーヤさん。それは、軟膏？」

「そうだよ。あれだけの脂肪の塊からこれしか作れない軟膏なんだよ」

何度も湯煎を繰り返して不純物を取り除いた純粋な六つ目熊の脂で作った軟膏だ。

まぁ、できたやつの半分は、私が貰ったけどね、と冗談めかしながら言うサーヤさんから軟膏の入った容器を受け取る。

「もうじき冬が近いから、その軟膏でその綺麗な手を守ってね」

サーヤさんは、軟膏の入った容器を受け取った私とテトの手を優しく撫でる。

そして、軟膏の受け渡しに便乗して、私たちも渡す時だろうと思う。

「私たちも友人のサーヤさんに、これを受け取って欲しいの」

「魔女様と一緒に用意したのです！」

マジックバッグから取り出したのは、夜な夜なテトと一緒に書き写した写本だ。

それを受け取ったサーヤさんは、目を丸くする。

「いいの？　ホントにくれるの!?　チセさん、テトさん！」

サーヤさんは、私たちからの贈り物の写本を大事そうに受け取ってくれた。

そうして、三人で落ち着き、改めて朝食を食べ終えた後、突然の旅立ちを村長に伝えに行く。

そして――

『『――また来いよ～』』

村人たちが慌てて集まり、私たちを見送ってくれる中――私たちも手を振りながら遺跡がある村から旅立ち、それなりに大きな町に向かうのだった。

7話【冒険者の冬の過ごし方】

遺跡のある村から旅立ち、最寄りの大きな町に辿り着いた私とテトは、泊まった宿でマジックバッグの中身を整理していた。

「本当に色々なものを集めたわねぇ」

「全部が全部、魔女様との大事な思い出なのです！」

開拓村を旅立ってから私たちは、遺跡がある村のように街道を外れた村々に立ち寄りながら、ふらふらと気ままな旅を続けていた。

今回遺跡がある村に訪れる以前にも、様々な村々を渡り歩き、商人の真似事や冒険者として便利屋のようなことをしながら見て回っていた。

特にお金がない村々では、物々交換の対価として各村で育てられていた珍しい農作物や香辛料の種などを貰い受けた。

「いつか、自分たちの居るべき場所を見つけた時、育てたいわね」

「どのお野菜も美味しかったのです！」

そうした思いを胸に、綿の敷き詰められた桐の小箱に保存された植物の種を確かめながら、マジックバッグに仕舞い直していく。

そして、小さな村だと物々交換だけでは手に入らないお金は、時折大きめの町の冒険者ギルドに立ち寄り、旅の途中で倒した魔物の素材や採取した薬草などを持ち込んで換金していた。

そして今回も、マジックバッグの整理ついでに、遺跡のある村で倒した六つ目熊の素材などを売却しにギルドに向かう。

「すみません。この素材を買い取ってくれませんか？」

「かしこまりました。少々お待ちください」

私とテトは、冒険者ギルドで六つ目熊の毛皮と爪、胆嚢《たんのう》を買取カウンターに提出して精算する。

「チセ様、テト様、お待たせしました。こちら六つ目熊の素材の売却額です」

「ありがとうございます」

「おおっ、沢山貰えたのです！」

肉と魔石以外の有用部位の売却だが、銀貨30枚と中々の売値になる。

「冬前ということで毛皮の需要が高く、また全ての素材が綺麗《きれい》に処理されていますので色をつけさせていただきました」

「ありがとうございます」

「お二人ともお若いのにCランク冒険者で、なおかつこれほど綺麗に倒すのは、素晴らしい腕をお持ちなのでしょうね」

「運が良かっただけですよ。それじゃあ、失礼します」

「ありがとうなのです。魔女様、お昼食べにいくのです！」

私とテトは、お金を受け取り、ギルドから出て昼食代わりの屋台を探す。

先程の買取カウンターの職員のお世辞から、これまでの冒険者としての働きも思い返す。

開拓村を出て、とりあえずダンジョン都市方面に当てもなく気ままに旅を続けてきた。

寄り道で村々に立ち寄ることが多く、大きな町に立ち寄る頻度は多くなかった。

だが、町に立ち寄れば依頼を受けたり、旅の途中で倒した魔物の素材を売却するなどして冒険者ギルドへの貢献度を貯めていった。

冒険者ギルドのギルドカードには、達成した依頼の他にも納品した素材によって、少量だがギルドへの貢献度が加算されていく。

旅の途中で立ち寄った村々には、脅威になるCやDランク相当の魔物がおり、中にはBランク魔物も狩って魔石と食材以外の素材を納品したこともある。

ダンジョン都市方面を目指すことを決意したが、あまりにも寄り道しすぎて1年が経ち、気が付けばCランク冒険者になっていた。

本来は、Cランクの昇格試験があるのだが、ダリルの町のギルドマスターがCランクの実力があると認めていたために試験免除されていたので、自動的に昇格することができた。

気ままに旅して、行く先々の村や町で魔物を倒して、お金を貰い、テトと一緒に過ごす。

悪くない日々である。

ただ――

「はぁ……人生、ままならないわねぇ」

そんなことを思い返しながら、ギルドから出て溜息を吐く。

「魔女様？　溜息吐いていると幸せ逃げるのですよ。串焼き食べるのですか？」

「テト、ありがとう。いただくわ」

早速美味しそうな屋台を見つけて購入したテトが差し出してくれた串焼きを受け取りつつ、改めて自分たちの目的を思い返す。

「今までの旅の中で【虚無の荒野】は見つからなかったわよねぇ」

1年間の旅の中で【虚無の荒野】に関する情報を探したが、ついに手に入れることはできなかった。

そればかりか、寄り道で立ち寄った村々や森などは居心地は良いが、私とテトが長く暮らせるような場所も無かった。

「全然、私たちが住むのに適した場所は見つからなかったわねぇ」

「そうなのですか？　美味しいところは一杯あったのです」

そう言って、テトが涎《よだれ》を垂らすように思い出すのは、魔境と言われる場所だ。

イスチェア王国内でも強い魔物が生息して開拓が進まない魔物の生存領域——魔境は、強い魔物が多く魔石の質も高い。

それらの魔石を取り込み、自身の核を強化するアースノイドという新種族のテトにとっては、美味しい場所なのだろう。

「小さな村や町だと【虚無の荒野】の手掛かりは手に入らなかったからなぁ」

「それならテトは、早くダンジョンに行きたいのです！　沢山の美味しい魔石が欲しいのです！」

「そうね。古都でもあったダンジョン都市なら、本や資料が多く残ってそうだからね。それに、そろそろ冬なのよねぇ」

去年は、異世界での初めての冬に遭遇した。

雪の積もる状況では、町から町への移動も難しく、依頼の難易度も跳ね上がる。

そのために冬場の冒険者は、その町に留まって休業するのが一般的だ。

私たちもその例に倣って、冬は一つの町で過ごしたのだが正直暇過ぎた。

毎日テトがギルドの訓練所で汗を流し、私が臨時の調合師として伝染病の薬作りを請け負って対処したくらいだ。

「今年の冬は、ダンジョン都市に腰を据えて冒険者稼業やってみる？」

「賛成、なのです！」

「それじゃあ、行こうか」

私は、マジックバッグから簡単な地図を取り出す。

旅をする先々で訪れたギルドにいる冒険者やギルド職員たちから、町の周囲の大まかな地理を聞き出し、想像で地図を描き記している。

それにより、イスチェア王国の北部の主要な都市を網羅した簡易地図が完成していた。

「うーん。ダンジョン都市の名前は——アパネミスだったわね」

古都アパネミスは、昔にイスチェア王国の王都があった場所だ。

王都の変遷の理由は、アパネミスにダンジョンが発生したため、王族の安全のために当時一番栄えていた別の都市に首都機能を移設したらしい。

現在では、ダンジョンを中心とする産業が発展したダンジョン都市となっているらしい。

「ダンジョン都市に行くのです！」

「向こうでの生活を計画しないとね」

私とテトは、女の子の二人旅のような気軽なやり取りをして、1年前からの目的地であるダンジョン都市に近づいていくのである。

8話【最初にガツンと、躾《しつけ》は大事です】

「おう、嬢ちゃんたち。今日はよろしく頼むな！」

「ええ、こちらこそ、よろしくね」

ただダンジョン都市に向かうだけでは味気がないと私とテトは、その方面に向かう商隊の護衛依頼を受ける。

寄り道している1年の間に、魔物や盗賊に襲われたのを助けた後、護衛を引き受けることが何度かあり、ギルドを通していないが一応護衛依頼の経験があったりする。

ギルドで護衛の依頼を受けた私とテトが依頼主にギルドカードを見せると、驚きの表情を浮かべている。

「嬢ちゃんたち、若いのにその歳《とし》でCランクなのかい？」

「上がったばかりだけどね」

「いやはや優秀なんだね」

フードを目深に被った魔法使いの格好をしている私を侮《あなど》る様子はなく、内心ホッとする。

そして、護衛依頼を受けた冒険者たちも続々と集合し始める。

冒険者同士が自己紹介する中、一組の冒険者パーティーが不愉快そうに私たちを睨み付けて、突っかかってくる。

「おい、女と子どもが護衛依頼に参加して失敗したらどうするんだ？　それとも他の冒険者に守ってもらって、依頼を達成する魂胆《こんたん》か？」

「おい、止めろ！　その二人は、れっきとしたCランク冒険者だ」

「はっ！　どうせどこかのパーティーに寄生してランクを上げただけだろ！　女と子どもが俺たちよりランクが上なんてありえねぇよ！」

明らかに貶《さげす》む態度にフードの下で私は、深い溜息を吐き出す。

冒険者の中には、男尊女卑の考えを持つ人たちがいる。

確かに冒険者の世界では、男性冒険者の方が比率が多い男性社会ではある。

だが、女性冒険者にも優秀な人はいるし、これから護衛依頼が始まって互いに連携が必要になるのにそれを止めない同じパーティーの冒険者たちも、どうだろうか。

「おい、何とか言えよ。チビガキ！」

私たちに突っかかってくる冒険者が更に一歩詰め寄って、睨み付けてくる。

いいだろう、その喧嘩を買おう。

「テト」

「はい、なのです！」

慣れたように私が指示を出すと、テトは自然な動きで絡んできた冒険者の腹を殴る。

あまりの出来事に誰も止めることができずに全員が唖然とする中、殴られた相手は、革鎧越しに浸透した衝撃で腹を抱えて、蹲《うずくま》るように倒れた。

そんな相手に私は、杖を突きつける。

「それじゃあ――《ヒール》」

テトに腹部を殴られた相手は、回復魔法で苦しみが和らぎ、顔を上げる。

腹部を殴られた事で一瞬、意識も飛んでいたようで呆然とした表情をしていた。

「うっ、俺は……」

「私たちに不当な言い掛かりをしたからテトがその喧嘩を買って、あなたは殴られた」

「てめぇ、よくも！」

「そーい！　なのです！」

相手の冒険者が食って掛かって来たので、今度はテトの左ストレートが顔面を捕らえる。

今度は相手も【身体強化】をして構えていたので、テトが更に力を込めて殴る。

その結果、相手の冒険者は、地面に一度バウンドして倒れる。

「よし、生きてるわね。流石、冒険者――《ヒール》」

再び回復されて起き上がった相手は、こちらを怯えるような目で見ている。

「な、なんなんだよ。お前たちは……」

「さて、これで私たちの実力が分かったわよね」

ニッコリと微笑みを浮かべて、こちらを侮った冒険者たちに魔力の威圧を向ける。

それに相手が身を震わせるので、私が威圧を終えた後、絡んできた冒険者が仲間たちから責められていた。

その後、こちらを見守っていた今回の護衛依頼を務めるリーダーの冒険者が、にこやかに私とテトに話しかけてくる。

「災難だったな。あんた、魔力量をかなり上手く制御してるだろ？」

「ええ、そうよ。どうして分かったの？」

「魔法使いにしては、体から漏れ出る魔力が少ないって感じたからな。だから、注意深く見れば、無駄なく制御してるなって判断できた。まぁこれが判断できるのは、Cランク相当の冒険者からだな」

そう言って、親切に教えてくれる先輩冒険者。

つまり、Dランクには侮られ、Cランク以上には魔力量が分からないが、ランク相当の実力はあると思われたようだ。

「冒険者になってまだ1年ほどで経験も浅いから、色々と教えてもらえると助かるかな」

「任せておけ。その代わり依頼中は、その回復魔法を頼りにしてるぜ」

そう短い会話をする中、護衛を務めるリーダーが一つだけこちらに忠告してくれる。

「冒険者は見栄の商売だから、さっきの対応は良かった。だけど、一番は最初から相手に舐《な》められないことだ」

今回は、私の魔力制御が上手すぎて、それが分からないDランク冒険者に絡まれたのだ。

最初からもう少し魔力を抑えずに自然と垂れ流すことで、格上とまでは行かないが、絡んだら痛いしっぺ返しが来そうだ、と感じさせるだけでも抑止力になるそうだ。

「なるほど……んっ、こんな感じかしら？」

「テトも、こんな感じなのですか？」

「早速できるって本当に器用だなぁ。まぁ、改めて頼りにしてるぜ」

私とテトが自然放出する魔力を調節して先輩冒険者からお墨付きを貰ったところで、商隊の出発時刻が来たために、私たちの護衛依頼が始まる。

私たちに絡んできた冒険者たちは、周囲の警戒以外にも私とテトに怯えるような反応を見せる。

私とテトは、そうした反応を無視して、護衛依頼に集中する。

野営では、【創造魔法】で用意しておいたインスタントスープなどで食事をしていたら、前みたいに他の冒険者や護衛の商人たちにスープを求められて一杯銅貨３枚で売ることになった。

その際も絡んできた冒険者たちは、スープを買いたいが、私たちに声を掛けるのを躊躇《ため》躇《ら》い、遠巻きにこちらを見てくるだけであった。

夜は、交代で不寝番をしつつ、テントで眠りに就いた。

翌日も商隊を護衛しながら街道を進んでいく中、あることに気付く。

私たちに絡んできた冒険者たちの注意力が、少し散漫になっているように感じたのだ。

「うーん。どうしたものかな？」

「魔女様、どうしたのですか？」

商隊移動の途中の休憩で呟《つぶや》いた私の言葉に、テトが尋ねてくる。

なので、自分の考えを整理するついでに、テトにも話をする。

「私たちに絡んできた冒険者たちをフォローしたいんだけど、今は警戒しているから受け入れられないかな、と思ってね」

護衛依頼の警戒、冬前の寒い夜の不寝番、それに私とテトに対する怯えと緊張などが原因で注意力が散漫になっているように感じる。

「うん？　魔女様が守る必要ないのですよ。護衛依頼で守るのは、商人さんと荷物だけでいいのです」

「そうなんだけどねぇ……」

テトの率直な言葉に私は、苦笑を浮かべてしまう。

確かに、極論で言えば護衛依頼は、商人と積み荷を目的地まで運べば問題はない。

たとえ、その途中で自分たち以外の冒険者が全滅するような事態になっても、それは依頼を受けた冒険者に実力が無かった自己責任の問題である。

だけど――

「注意力散漫な冒険者に護衛を任せたままってのは、依頼主に対して不誠実なのかな、ってね」

最初から問題が起きないように立ち回るべきなのだろうが、絡んできた冒険者たちがこちらを警戒して聞き入れそうにないので困っているのだ。

「でも、魔女様は、絶対に全部を助けるのですよね？」

「……そうね。そうかも」

テトに言われた私は、自嘲気味に笑う。

たとえ今警戒されて反発されようとも、私は私のできる範囲で助けるはずだ。

依頼主や荷馬車の積み荷、そして仲間の冒険者も――

そして商隊が進み、そろそろ日暮れに差し掛かろうという頃、私とテトの感知範囲に魔物の気配を感じる。

「冬籠りに備えた中型の魔物が一体、餌を探している感じかしら？」

「鼻で地面の匂いを嗅いでいるのです。あっ……こっちに来るのです！」

後方の荷馬車には食料が積み込まれており、魔物はそれを狙っているようだ。

徐々に商隊との距離を詰めてきている。

「左後方の林から魔物が接近中！　数は一体！」

「護衛の冒険者は、依頼主と荷馬車を守れ！　いくつかのパーティーは、俺と一緒に魔物の撃退に向かうぞ！」

私とテトが感知した直後、他の冒険者たちも気付き、リーダーが周囲に指示を下していく。

私とテトは、リーダーらと共に魔物の撃退のために荷馬車の後方に向かう中、食料を狙った魔物が林から飛び出して一直線に荷馬車に向かっていく。

『ブキィィィィィッ――――！』

「ビッグホーン・ボア！　厄介ね！　私とテトが先行するわ！」

林から現れたのは、反り返った大きな角と牙、茶色い剛毛の毛皮を持つ猪型の魔物――ビッグホーン・ボアだ。

反り返った大きな角と牙の突き上げと四足獣らしい低い位置からの攻撃、【身体強化】の乗った巨体の体当たり、刃を阻む硬い体毛と分厚い皮下脂肪などの特徴を持つ魔物だ。

ビッグホーン・ボアの討伐難易度はCランクだが、単純な突進の威力だけならBランク魔物と同等と言われている。

私とテトが荷馬車を守るために【身体強化】で一気に商隊の後方まで駆けると、ビッグホーン・ボアの進路に私たちに絡んできた冒険者たちが剣を構えて挑み掛かっていた。

「俺は！　俺たちは、商隊の護衛を受けた冒険者だ！　俺だって、できる！」

「「「うおぉぉぉぉぉっ――――」」」

「っ!?　やめなさい！　正面は危ないわ！」

私たちに絡んできた冒険者がビッグホーン・ボアの正面に立ち、その左右を彼の仲間の冒険者が襲い掛かる算段だったのだろう。

三方向から振るわれる武器にビッグホーン・ボアの動きが僅かに止まる。

だが正面の冒険者の剣は、頭を振ったビッグホーン・ボアの角と牙に弾かれて、頭突きで空中に跳ね上げられる。

左右から斬りかかった仲間の冒険者たちも剛毛によって防がれて、側面での体当たりや後ろ足の蹴りで地面に倒れる。

「テト、私は、あの人たちを助けるからビッグホーン・ボアをお願い！」

「任されたのです！」

私は、飛翔魔法で空を飛び、空中に跳ね上げられた冒険者を受け止めると、闇魔法の《サイコキネシス》の念動力で地面に倒れた他の二人も安全な場所まで移動させる。

邪魔者がいなくなり、再びビッグホーン・ボアが荷馬車に向けて突進を始める。

「美味しそうなお肉なのです。それに丸々と太って……じゅるり……」

土煙を上げて勢いに乗ったビッグホーン・ボアは、進路上のテトも先ほどと同じように跳ね飛ばして、荷馬車を突き崩して中の食料を漁ることだけを考えている。

「う、うう……無理だ。俺たちだって軽くあしらわれたのに」

ビッグホーン・ボアにあしらわれた三人だが、【身体強化】で咄嗟《とっさ》に防御したために致命傷は負っていない。

「テトは大丈夫よ。それよりあなたたちの方が怪我してるんだから、大人しくしなさい――《ヒール》」

そして私の回復魔法を受けながら、ビッグホーン・ボアと対峙《たいじ》するテトを見守っている。

「さぁ、来るのです！」

黒い魔剣を引き抜いて刺突の構えを取るテトは、間合いに入ってきたビッグホーン・ボアに向かって一気に突きを放つ。

『ブギャッ――!?』

頭突きや突進であらゆる物を粉砕するために最も硬く守られたビッグホーン・ボアの頭蓋骨を、テトの魔剣が突き刺した。

テトは、魔物の突進を受けても少しも押し込まれることなく、完全に衝撃を受け止め切っていた。

頭蓋骨を貫かれたビッグホーン・ボアは、白目を剥いてその場に倒れて絶命する。

「魔女様～、終わったのですよ～！　お肉も素材も綺麗《きれい》に残したのです！」

「テト、お疲れ様。さぁ、あなたたちも後片付けを手伝ってね。護衛依頼は、まだ続いているんだから」

テトがビッグホーン・ボアの頭蓋骨に突き刺した魔剣を引き抜き、こちらに手を振っているので、私も手を振り返して治療した三人を連れて戻ってくる。

「すげぇ……これがDランクとCランクとの差……」

「違うだろ。同じ商隊にいるCランク冒険者より遥《はる》かに強いだろ」

「限りなくBランクに近いCってやつだろ。あれは……」

私に治療されたDランク冒険者三人組がブツブツと呟く中、共に魔物の撃退に向かっていたリーダーたちが追いついてくる。

「もう終わってるのか？　一応血の臭いで別の魔物が来ないか警戒しつつ、この場を処理するか。それと報告頼めるか？」

「ええ、分かったわ」

私の後ろに付いてくる三人組は、自分たちが独断で魔物を討伐しようとしたことを報告されると思い、俯《うつむ》き気味に黙っている。

「食料を狙ったビッグホーン・ボアから荷馬車を守るために私とテトが先行。そして、狙われた後方の荷馬車に辿り着いた時には、ビッグホーン・ボアが荷馬車との距離を詰めていたわ。彼らは、その身を呈して私たちの到着までの時間を稼いでくれていたわ。その後、テトがビッグホーン・ボアの頭部を貫き討伐。幸い、荷馬車への被害はなかったわ」

私の報告に、三人組の冒険者が顔を上げて目を見開く。

独断専行で護衛依頼の和を乱したことを咎《とが》められると思っていたようだが、逆に荷馬車に被害を出させぬための時間稼ぎと報告されたことを驚いている。

「そ、そんな！　俺らは、倒すことができなくて……ただ、やられただけで！　それに、彼女たちなら俺たちがいなくても間に合っただろうから……勝手して、すみませんでした！」

私の報告に対して、自身の失態を伝えようとする三人組に、リーダーたちが肩を震わせて笑う。

「だ、そうだけど……どうなんだ？」

「私たちが間に合ったかどうかは、仮定の話だから意味が無いわ。事実、危険を顧みず足止めした結果、他の冒険者が間に合い、商隊に被害が出なかった。それが事実よ」

そう報告する私に対して、テトが微笑ましそうな表情を向けてくる。

きっと、いつものように素直じゃないと言われるのだろうと思い、フードを目深に被って周囲からの視線に目を逸らす。

「なるほどなぁ。確かに護衛対象の命と財産を守るのが護衛依頼ってやつだけど、だからって無謀に挑めば守れるって訳でもねぇ。そこはチームだから、今後チームとしての動きも学んでいけばいいさ」

リーダーがそう諭すと、三人組の冒険者は自分たちを反省しながらも頷《うなず》く。

最初は私たちに絡んできた彼らだったが、もう私たちとの間には蟠《わだかま》りはなく――

「チセのお嬢！　テトの姐さん！　何か手伝うことはありませんか！」

「――ありませんか！」」

「あー、うん。今はないから、自由に過ごしてていいのよ」

「それじゃあ、テトと模擬戦するのです！　好きに打ち込むと良いのです！」

「「――ありがとうございます！」」

蟠りがなくなるどころか、むしろ懐いてきた。

護衛依頼の休憩途中に、度々話しかけてきたりして、その度にテトと模擬戦してボロボロに転がされる。

そのままだと、護衛依頼にも支障が出るので、私の回復魔法で傷や体力を回復させる。

余談であるが、倒したビッグホーン・ボアの死体はマジックバッグで野営地まで運び、そこで解体して食肉は、他の冒険者たちと共に焼き肉にして食べて、残った角や牙、毛皮は依頼主の商人に売却した。

その後、五日を予定する護衛依頼は、順調に進んでいく。

時折、魔物が襲ってくるが、各々が上手く対応して倒してくれる。

私たちに絡んできた三人組の冒険者たちも自身の実力に見合った働きをして、最初にあった注意力散漫な様子も見られなくなった。

唯一、二人旅の楽しみであるテトが地面を操作して湯船を作り、私が魔法でお湯を貯めたお風呂に入ることができずに、清潔魔法の《クリーン》だけで済ましたのが、護衛依頼での不満点である。

こういう所が私たちの行動を制限するので、やっぱり集団での依頼よりテトとの二人旅の方が性に合っているなと思ってしまう。

9話【魔女一行、ダンジョン都市に入る】

護衛依頼を受けた私とテトは、ダンジョン都市の一つ手前の町で依頼を達成した後、そのまま歩いてダンジョン都市に向かう。

「本当に、この辺は魔物が少ないわね。あっ、薬草」

「魔女様！　こっちにもあったのです！」

私たちは、街道沿いで薬草採取しながらのんびりと進んでいる。

場所が変わっても生える薬草の種類は変わらないので、慣れた作業だ。

そうして夜になれば、町で買い足した食材と【創造魔法】で創り出した調味料などを使って料理する。

「今晩は、カブのクリームシチューでいいわよね」

「はいなのです！　とろとろのカブと厚切りベーコンが美味しいのです！」

「残念だけど、今日は、鶏肉よ」

「鶏肉でも美味しいのです～」

以前倒して、解体した鳥系魔物の肉を一口大にして、鍋に入れる。

そうしてできたクリームシチューをパンに浸したり、【創造魔法】で創り出したご飯に掛けたりと、その時の気分で食べ分ける。

そして、冬が近づく寒い夜になれば――

「魔女様、準備はいいのですか？」

「ええ、ちゃんと目隠しも用意したわ」

テトが作った石の湯船の周りには、金属の支柱と目隠しの撥水性《はっすいせい》の布を掛けた簡易的なお風呂を作った。

更にその周囲には、魔法で結界も張っており、久々にお風呂に入る準備を整える。

「さぁ、お風呂を入れるわよ。――《ウォーター》《ファイアー・ボール》！」

石の湯船に水を注ぎ、火球の魔法で水を温める。

また、乾燥させた柑橘系の果物の皮や薬草を混ぜた袋を湯船に沈めて薬湯にする。

「ふぅ、一日の終わりは、これよね」

清潔化の魔法である《クリーン》の汚れ落としとは違い、薬湯の香りと効能で体の芯まで温める。

テトと互いに髪の毛を洗い合ってお風呂から出た後、冬場の空気で乾燥しやすい肌を保湿するために、サーヤさんから貰った熊油の軟膏を優しく体に塗る。

何度も不純物を取り除いた軟膏は、嫌な臭いもせずに肌によく馴染み、気持ちよくテントで眠りに就くことができた。

疲れ知らずのテトは、いつものように不寝番に付き、1日が終わる。

薬草採取しながら街道を進んだ結果、私たちは、三日後にダンジョン都市である古都・アパネミスに辿り着くことができた。

「さて、辿り着いた」

「みたいなのですね」

町への通行は、冒険者用の列に並び、処理される。

どこの町でも冒険者の行動を妨げないために、冒険者専用の出入口は非常にスムーズに行われる。

このダンジョン都市では、冒険者が経済の中心のために特に対応がいい。

門番にギルドの場所を聞き、迷わずそこに向かえば、この都市に誕生したダンジョンの傍《そば》にギルドが建てられ、ダンジョン入口を管理しているらしい。

「まぁ、ダンジョンとかのことは後回しで少し情報収集かな」

「えー、ダンジョンの魔石、欲しいのです〜」

「はいはい。その代わり、ギルドの訓練所には、いい訓練相手がいると思うからもう少し我慢してね」

「はーい、なのです！」

現金なテトの様子に苦笑を浮かべながら、ギルドの受付に行く。

「こんにちは。今日、この町に到着したので挨拶に来ました。これが私たちのギルドカードです」

「ようこそ、いらっしゃいませ。拝見させていただきます」

フードを目深に被った怪しい子どもの私だが、ギルドカードを先んじて提示すれば、問題が少ないことをこの一年の旅で学んだ。

またダンジョンの挑戦には、Dランク冒険者から可能になるらしく、地方からダンジョン目当てでやってくる冒険者も珍しくないだろう。

特に冬前は、安定して稼げるダンジョン目当ての冒険者が増えるが、子どものような背格好の私がCランク冒険者であることに軽く驚かれた。

「ありがとうございます。今後は、どのようなご予定でしょうか？」

「冬の間は、ダンジョン挑戦のために長期滞在する予定です。宿は……割高になるから借家とかの長期で借りられるものを紹介して欲しいです」

しっかりと丁寧な言葉で受け答えする私に、戸惑いつつも外見よりも大人だと判断した受付嬢は、幾つかの資料を取り出す。

「それでしたら、ギルドと提携する不動産屋が管理する借家が幾つかあります。その他には、元冒険者が経営する賃貸アパートもありますよ」

話を聞くと、家を丸ごと借りるよりもアパートのような形式の賃貸もある。

私とテトは、基本寝に戻るか荷物を少し置くだけなので、借家だと広すぎる。

アパートの方は、宿屋よりも少し広い一室だけ貸し出しているが、元冒険者の人たちが大家として管理してくれるので、セキュリティーも万全らしい。

「なら、その賃貸アパートを借りたいので、紹介状をお願いします」

「分かりました。少々お待ちください」

「それと待っている間に、素材の納品をしたいのだけれど……」

「それでしたら、あちらのカウンターにお持ちください」

私とテトは、買取カウンターの場所を確認し、そちらに移動して、道中で採取した薬草を取り出す。

「これらの薬草の買い取りをお願いします」

「かしこまりました。すぐに査定しますね」

時間遅延型のマジックバッグに入れていたために、鮮度は良好である。

将来的には、私の魔力量を増やして、幻とも言われる時間停止型のマジックバッグを創造したいものだ。

そんなことを思いながら待っていると、査定結果と紹介状の用意が終わったようだ。

「こちら、とても品質のいい薬草なので、銀貨６枚にさせていただきました。それとこちらは賃貸アパートの紹介状とその地図になります」

「ありがとうございます。早速、行ってみます」

そう言って、私はテトを連れてギルドから賃貸アパートに移動する。

二階建ての建物で外側の扉から各々の部屋に入る様子は、アパートのように感じる。

早速、紹介状を持って大家さんに会いに行き、賃貸アパートの家賃を聞いた。

家賃は、一ヶ月小金貨2枚だったので、とりあえず冬場の4ヶ月を過ごすための小金貨8枚を一度に支払ったら、驚かれてランクを聞かれた。

「Cランクです。こちらからも一つ聞きたいことがあるんですけど、いいですか？」

「はい、何でしょうか！」

「この賃貸ってお風呂があるみたいですけど、どこにありますか？」

「あー、風呂はありますよ。裏手に」

ダンジョンの魔物を倒せば、死体と血は消えて、魔石や魔物の素材が残るので汚れにくい。

だが、冒険者の依頼には、ダンジョン以外の依頼もあるので町の外から帰ってくれば、返り血などで汚れる場合がある。

それを洗い流す用のお風呂場らしい。

「自分たちで入れる分には、自由に使っていいんですね」

「水の移動とか薪代が自前で、使い終わったら清掃してくれるなら構わないよ」

「わーい。毎日、お風呂に入れるのです！」

すっかり風呂好きになったテトに私は苦笑を浮かべつつ、借りる部屋にやってきた。

2階の角部屋を借りた私たちは、その部屋の真ん中に旅の途中で創り出したお気に入りのベッドをマジックバッグから取り出しておく。

これは、私とテトが一緒に寝ても十分な大きさの上等なベッドを【創造魔法】で創り出したのだ。

最高級ベッドの創造には、【魔晶石】の魔力も借りて3万魔力ほど掛かった。

ヒドラを両断した刃状の金属の塊に比べたら、職人の技術や細かな知恵と工夫が凝らされているベッドなので、質量的に劣っていても今まで創造した中で2番目に魔力消費量の多い創造物だった。

そんなベッドにテトが飛び込み、内部のスプリングの反動で跳ねる姿を見て、私は苦笑を浮かべつつ、続いて備え付けのテーブルにマジックバッグから調合道具を置いていく。

気が向いた時にでもマジックバッグに入っている薬草で手慰みのポーションでも作ろうか、と考える。

「さて、明日からはギルドの資料やダンジョンの情報を調べようか」

「その前にお腹が空いたのです～」

「それじゃあ、食事に出かけようか」

テトがベッドの上でジタバタするので、少し早いが近くの食堂に向かった。

そこでは、ダンジョン産の魔物食材やそのダンジョンで見つかった香辛料が使われていたので、かなり美味しい料理だった。それに満足しながら、アパートに帰ってくる。

そうしてダンジョン都市・アパネミスでの初日を終えた。

10話【ダンジョン都市の調べ物とエルフの冒険者・ラフィリア】

私とテトは、翌朝からギルドに通い始めた。

他の冒険者たちが依頼を受けたり、そのまま直接ダンジョンに入っていく中、私はギルドの資料室に、テトはギルドの訓練所に向かう。

「テトは、相変わらずね」

テトは、見た目こそ小麦色の肌をした可愛い美少女だが、見た目以上に【身体強化】の使い手である。

一応、相手に怪我をさせないように力をセーブさせているが、ゴーレムの命令に忠実な側面を持つために、攻撃を受ける時の恐怖心がない。

いつも相手を怯ませるために僅かに魔力を込めた雄叫びを上げる冒険者たちだが、その威圧に怯むことなく的確に反撃してくるテトに、テトの相手をする冒険者たちが困惑しているようだ。

「さて、私は調べ物をするかな」

ギルド二階の資料室の窓からテトの様子を見下ろした私は、資料室にある本をペラペラと流し読みする。

私には、【速読】と【記憶術】のスキルがあるので、それだけで大体の本の内容を理解することが可能だ。

更に本を読んだ後、目を瞑《つぶ》り10秒間、昔読んだ本の知識と比較を行い、矛盾点や相違点を洗い出す。場合によっては、どちらかが写本時のミスだったり、参照元の資料の違いがあったり、と常に知識の更新と修正を行わなければいけない。

「あんまり有用な情報はないわね。とりあえず、過去の依頼報告書からこのギルドの依頼傾向を調べましょう」

知識としては、めぼしいものはないが、ダンジョンの魔物と採取可能なものに関する書物は、熟読した上で後で読み返し用に買おうと心の中でメモする。

「それにしても、古都って言うから古い資料があると思ったけど、あまり残されていないかぁ」

資料室の本は、他の町のギルドに比べてダンジョン関連の資料が多い。

だが、それは比較的新しい蔵書である。

「遷都《せんと》による重要資料の移設と、二度のダンジョンからの魔物のスタンピードによる資料の焼失かぁ」

このダンジョン都市を統治する侯爵家の統治の歴史に関する本を読みながら、【虚無の荒野】の資料についての当てが外れたと少し落胆した。

「ああ、もうこんな時間ね。冬も近くて日が暮れるのも早いから、そろそろテトを迎えに行かないと……」

資料室の本を片付けた私は、ギルドのカウンターに立ち寄って売られているダンジョンの魔物図鑑と、公開されているダンジョンの地図を購入してから、テトを迎えに訓練所に行く。

「魔女様！　おーい、なのです！」

「テト、お疲れ様。って言っても、まだ体力がありそうね」

「まだまだやれるのです！」

体力お化けのテトは、朝から夕方まで訓練所の冒険者を相手に模擬戦を続けていたようだ。

まるで死屍累々という状態のテトへの挑戦者たちを見下ろしながら、テトに尋ねる。

「それで今回は、何組いたの？」

「えっと……三組なのです！」

この三組とは、テトの容姿や模擬戦での実力を見て、パーティーに勧誘しようとした冒険者たちの数だ。

この一年、各地のギルドで同じようにテトの技術向上と気晴らしのために訓練所で模擬戦をやっていたのだが、必ず強引にパーティーに勧誘しようとする冒険者たちが現れたものだ。

その度に私が出て行って相手をするのも面倒だったので――『テトを倒せたら、パーティー加入を考えてもいいのです！』と言わせている。

大体、強引な勧誘をする冒険者を挑発すれば、挑んでくる脳筋冒険者が多いので、そこでテトが勝てば、黙らせることができる。

最悪、それでテトが負けた場合は、今度はパーティーメンバーの私が出てきて話を付けることになっているが、テトは今まで一度も負けたことがない。

「そう、お疲れ様。それじゃあ――《クリーン》《エリアヒール》！」

私は、倒れている冒険者たちにいつものように清潔化と回復魔法を使う。

「テトの訓練相手をしてくれてありがとう。しばらくはお願いね」

いつものように訓練のお礼に、訓練所の冒険者たちに回復魔法を掛けてから、借りているアパートの一室に戻る。

夕食までの間に、ポーションなどを作って夜の食堂が開くまでの時間を調節する。

「魔女様？　マナポーションを作っているのですか？」

「そうよ。ダンジョンには魔力吸収の罠《わな》があるらしいから、マナポーションを用意しないとね」

「魔女様は、魔力が多くて、【魔晶石】にも魔力を貯めているのにですか？」

「そうよ。回復手段が多いほうが何かと便利でしょ？」

たとえ、魔法の発動を【魔晶石】の魔力で代用できても、【魔晶石】の魔力を自身に吸収して回復することはできない。

魔力吸収の罠に掛かって魔力が枯渇状態になれば、吐き気などの体調不良で戦闘を継続することが困難になる。

私の魔力量が15000を超えた今でも、そういう時の回復手段は必要だと思っている。

「そうなのですか～。テトの方も色々とダンジョンの話を聞けたのです～」

テトの方では、模擬戦相手の冒険者と仲良くなってダンジョンの話を聞けたようだ。

本では分からない実体験を伴った情報には、価値がある。

ただ、テトの表現力だと若干分かりづらいので、何度も根気強く繰り返し聞いて、私も理解していく。

まぁ、そんなテトとの会話が楽しかったりするのだ。

そうして、ダンジョン都市での生活が始まった。


昼間は、町中の本屋や図書館を探して【虚無の荒野】に関しての資料や興味のある本を探して読み解き、テトはギルドの訓練所に通う日々を続けた。

そしてこの町に来て二週間が経ち、私とテトは今日も冒険者ギルドに辿り着く。

「テトさん、チセさん、いらっしゃい！　今日もお願いします！」

「はい、なのです！　それじゃあ、魔女様行ってくるのです！」

「ええ、行ってらっしゃい。私は、ギルドの資料室にいるわ」

ギルドの訓練所にやってきた私と、テトを待ち構えていた屈強な冒険者たちが一列に並んで出迎えてくれる。

訓練所に通うテトは、圧倒的なタフさで冒険者相手に連続の模擬戦を日々繰り返している。

最初の数日間はテトを勧誘しようとした人たちも、今では体育会系のノリと勢いなのか、テトの舎弟っぽい感じになっている。

対する私は、テトをギルドの訓練所に送り出して悠々自適な読書生活をしていた。

初めて読む本が多数あり、幾つかの魔法書も書店で手に入り、様々な魔法スキルの知識を手に入れた。

攻撃手段は、【原初魔法】で十分だが、様々な伝承や逸話などに存在する魔導具についての情報は、かなり有用だった。

魔力さえ確保できれば、【創造魔法】で再現できるだろう。

例えば、実際に作ってみた物が【返呪の護符】である。

魔封じの呪いや洗脳、魅了、隷属化などの魔術的な呪いを防ぎ、相手に倍にして返す消耗型の魔導具だ。

1個作るのに、3万の魔力が必要な消耗アイテムのために、【魔晶石】に貯めた魔力も利用して生み出し、私とテトが身に着けている。

また、そうした魔導具の効果を明確に想像し、複数の効果を併せ持った武器や防具、魔導具などを創り出そうと考えた。

だが、付与する効果が複雑になるほど創造に必要な魔力量が増えるので、今はまだ魔力が足りないために【創造魔法】で創り出すことができない。

そうして昼間集めた情報を元に、夜にアパートの部屋で【創造魔法】や【調合】でダンジョンの挑戦に必要な道具などを準備していく。

そうした準備期間を過ごす私たちは、ある意味で目立ち、いい意味で受け入れられていた。

たまにテトと一緒にダンジョン都市で買い物に出かけたりと、落ち着いた生活を過ごすことができた。

そんな感じで休暇と趣味とダンジョン攻略の準備を整え、そろそろダンジョンに挑もうかと考えた矢先、ギルドの訓練所で聞き慣れない大きな音が響く。

「何⁉　魔法でも使ったの⁉」

いつものようにギルドの資料室で本を読んでいた私は、ギルドの訓練所の方で響く破壊音と建物が揺れる振動に慌てて資料室の窓辺に駆け寄る。

窓から見下ろすギルドの訓練所は、濛々《もうもう》と土煙が立ち籠め、ギルドの訓練所の内壁が崩れていた。

そして、その反対側には、冒険者と思しき少女が弓を構えていた。

「あれは……エルフ？　それに弓矢に【精霊魔法】を乗せたの？」

目に魔力を込めてエルフの少女を見れば、風精霊たちが弓矢に魔力を与えているのが見える。

ちなみに【原初魔法】は自身の魔力で自然現象を再現するのに対して、【精霊魔法】は精霊に魔力を渡して高効率で精霊に現象を再現してもらうという違いがある。

また、魔力の燃費の面では、人種よりも魔力の扱いに長《た》けた精霊が代行するので低燃費・高威力だったりするのは、余談だ。

「約束通り、あなたに勝ったんだから、私たちのパーティーに入りなさい！」

そう高らかに宣言するエルフの少女の視線の先には、瓦礫《がれき》の中から起き上がるテトがいた。

「いたたっ、模擬戦で怪我させるような攻撃はダメなのです！　危ないのです！」

「なっ⁉　私の必殺の一撃を！」

【身体強化】で防御したためにテトに外傷はないが、それでも訓練用の衣服がボロボロになっている。

「テトに怪我がなくて良かった。トラブルかもしれないし、私も行こう」

私が慌てて資料室から訓練所に向かうと、テトとエルフの少女の勝負が続いていた。

——とは言っても普段のテトは、真っ正面から模擬戦を受けるのだが、今回はテトが逃げ回り、エルフの少女が追撃をしている。

「次こそ私の必殺の一撃で負けを認めさせる！」

「止めるのです！　他の人を巻き込まないって魔女様と約束したのです！　それに、安全に手合わせしない人とはやらないのです！」

「なら、負けを認めて、私たちのパーティーに入りなさい！」

「いやなのです～！」

そう言ってテトを執拗《しつよう》に追い掛けるエルフの少女。

テトは、訓練に来た冒険者が巻き込まれないように動き続けると、エルフの少女に訓練所の隅に誘導されてしまう。

「さぁ、覚悟しなさい！　今負けを認めるか！　それともこの攻撃を受けて負けるか選びなさい！」

「どっちも嫌なのです！」

そう言ってテトが拒否の言葉を口にすると、エルフの少女の弓矢に籠る【精霊魔法】の魔力が更に高まるのを感じる。

「あの威力は、不味い！　テト！　――『ラフィリア！　お前、何やってるんだ！』――っ！」

私が、テトとエルフの少女の争いを止めようとしたところ、男性の大きな声が被せられた。

その声が訓練所に響くと、エルフの少女がビクッと肩を振るわせて、恐る恐る振り返る。

「アルサスさん」

「おめぇ、何勝手に他の冒険者に迷惑かけてんだ！」

アルサスと呼ばれた風格のある戦士が現れると、訓練所にいた他の冒険者たちにも緊張が走った。

そんな彼の周りには斥候風《せっこうふう》な男に、妙齢の女魔法使い、そして神父風の男がいた。

「だって今の私たちのパーティーには必要な人材よ！　それに私が勝てば、パーティーに入るって」

「テトに勝ったら考える、とは言ったけど、パーティーに入るとは一言も言ってないのです」

そう魔女様から言われたのです！　とエルフの少女の言葉を遮るテトの言葉に、アルサスと呼ばれた冒険者は、額に手を当てて空を仰いでいる。

「お前！　そういうのは、パーティーお断りの常套句《じょうとうく》だろ！　って言うか、無理矢理パーティーに加入させようってことだろ！　それに他の冒険者も巻き込み掛けてるじゃねぇか！」

そう言ってアルサスと呼ばれた冒険者は、ラフィリアと言うエルフの少女を叱りつける。

大声での怒鳴り声は、頭に響くので好きではないが、話している内容は常識的なので好感が持てる。

もう話は終わったと判断したテトは、自分が叩き付けられて崩れた内壁に手を当てて、土魔法で直している。

「悪かったな、うちのメンバーが迷惑かけて。それとその壁は、こいつに修理費を出させて直させるから良かったのに」

「使い終わったら綺麗《きれい》にするように、魔女様に言われてるのです。だから、元通りにして次に使う人にも迷惑にならないようにするのです」

何でも無いようにニコニコして言うテトに、アルサスと呼ばれた冒険者は、できた嬢ちゃんだ、と呟《つぶや》き、パーティーメンバーのラフィリアを残念そうな目で見つめる。

「悪かったな、うちの歳《とし》ばっかり喰った非常識エルフが迷惑掛けて」

「なっ!?　私は、まだ67歳の若いエルフよ！」

「気にしてないのです。いつもと違う模擬戦は、面白かったのです」

リーダー冒険者の言葉に、67歳のエルフ少女が反論しているが、それを無視してニコニコ笑顔で大人の対応をするテト。

そこにアルサスが本題を切り出す。

「ラフィリアが強引で悪かった。それと改めて、俺たちのパーティーで前線の魔物を引きつけるタンクとして加入しないか？」

今度は、礼儀正しく普通に勧誘するが、テトの答えは――

「魔女様と離れるのは、嫌なのです。あっ、魔女様なのです！」

きっぱりと断ったテトは、訓練所に来ていた私を見つけて駆け寄ってくる。

「テト、お疲れ様。――《クリーン》《ヒール》」

一応、怪我はしてないだろうが、清潔化と回復魔法を掛ける。

ただ、魔法ではテトのボロボロの衣服までは直せないので、マジックバッグから着替えを取り出して渡す。

「テト、着替えていらっしゃい。今日はもう、訓練にならなさそうだし」

「はーい、なのです」

着替えを受け取ったテトが更衣室に走って行く中、私もテトの模擬戦の相手をしてくれた冒険者たちにいつもの清潔化と回復魔法を掛けて、アルサスと言う冒険者と対面する。

「俺は、アルサス。Aランク冒険者で【暁の剣】のリーダーをやってる」

「私は、魔女のチセよ。Cランク冒険者で、テトと一緒にパーティーを組んでいるわ」

互いにリーダーとして自己紹介する。

「悪いな、パーティーメンバーを引き抜くような真似して、知らなかったんだ。それと少しだけ話さないか？」

「そうね。迷惑を被ったお詫びってことでお昼を奢《おご》ってくれるなら」

「了解。全部、ラフィリアに奢らせる」

「そんな、横暴よ！　横暴！」

年齢や身長差がある相手だが、どうやら侮《あなど》られることもなく互いにいい話ができそうだ。

11話【Aランクパーティー・暁の剣】

一旦、ギルドの資料室に置いていた物を片付けた私と着替え終えたテトは、ギルドの酒場で【暁の剣】の面々と対面する。

「すみません。お昼のコレと、コレ、コレ、お願いするのです！」

「私は、普通にシチューセットとジュース」

騒ぎを起こしたエルフの少女・ラフィリアへの罰のために、食事を奢《おご》ってもらえることになったテトは、遠慮無く食事を注文する。

私は、良識の範囲で昼食のセットメニューと果物のジュースだ。

そして、【暁の剣】たちは――

「おう！　これ旨かったからとりあえず頼むか、それと麦酒だ！」

「俺も酒。それとつまみになるもの適当に」

「じゃあ、私は、コレと、コレと、コレ。あとサラダとワイン」

「私も食事を。それと、お酒じゃなくて、水を」

「なぁぁぁっ！　あんたたち、私に奢らせるからって遠慮なさ過ぎ！」

アルサスさんたちもラフィリアの奢りということで、非常に遠慮が無い。

それだけ仲がいいとも言えるのかもしれないが、エルフ少女は、若干涙目である。

「それで、話って？」

お酒を飲む前に、素面《しらふ》の状態で話を聞きたいので早速話を切り出すと、リーダーのアルサスさんが真面目に答えてくれる。

「今日、魔物退治の依頼で町の外から帰ってきたばかりなんだ。ただその依頼でうちの欠点が見えてな。六人目のパーティーメンバーとしてタンク、魔物の攻撃を正面から受け持てるやつを探そうと考えてたんだ」

「それでテトを勧誘したのね」

口一杯にお肉を頬張るテトは、私たちの視線を受けて、何？　と言いたげに小首を傾げている。

「まぁ、そうなんだけどな。うちの暴走エルフが迷惑掛けてすまんな。そっちの嬢ちゃんを勧誘するのは、スッパリ諦めた。仲のいいパーティーを引き裂いても恨まれるだけだしな」

「それが賢明ね。テトは絶対に私から離れないし、私もテトを絶対に離さないから」

そう言って、フードの下から見つめると、アルサスさんは、苦笑を浮かべている。

そんなリーダーの決定が不満なのか、若干エルフ少女が不満そうに頬を膨らませている。

「折角、Aランクパーティーが勧誘してるのに、その態度はないんじゃない？」

「お前は、反省しろ」

「痛っ！　酷い、殴ることないじゃない！」

まぁ、彼らのじゃれ合いが始まったと思って、静かに聞き流して、ご飯を食べる。

どうやら、リーダーのアルサスさん以外は、全員Bランクの冒険者らしい。

「それで、他にタンクの候補はいるの？」

「いや、地道に探すか、最悪Dランクで良さそうなやつを育てるかな」

そう言って、ちらりと魔女のレナさんとエルフのラフィリアを見る。

彼女たち二人が、このパーティーの遠距離メインアタッカーのようだ。

神父風の聖職者は、回復魔法とメイスによる物理攻撃もできるだろうし、斥候風《せっこうふう》の男も牽制で足止めや時間稼ぎなどができるようだ。

現在でもパーティーのバランスは悪くないが、Aランクのアルサスさんがタンク役を兼任しているが、本職のタンクが入って全力で攻撃できるようになれば、更に爆発力が上がるだろう。

それにしても――

「羨ましい……」

同じ魔女でもこうも胸の大きさが違うのか、と絶壁の自分の胸を見下ろす。

大人の色香と、胸元の開いた黒いマーメイドタイプのドレスにマント姿が似合っている。

「……私も大きくなりたい」

「魔女様は、ちょうどいいサイズなのです。抱き付きやすいのです」

「そうそう、チセちゃんだっけ？　まだまだ成長するわよ」

そう言って、私を撫でてくるテトと楽しそうな笑みを浮かべる妙齢の魔女のレナさん。

ただ、それに気にくわない者もいる。

「ふんだ。どうせ、テトって剣士にくっついてランクを上げただけでしょ？」

負け惜しみのようなラフィリアの発言に、ニコニコしていたテトから表情が抜け落ち、瞬間的に殺気を放つ。

「魔女様を――『テト、止めなさい！』――はい」

私が命令で止めると、しゅんと意気消沈するテトだが、テトの殺気にアルサスさん側は反射的に武器に手を掛け、臨戦態勢に入っていた。

流石、上級冒険者は反応が早いなぁと感心しながら、意気消沈したテトが落ち着くまで私は、抱き締められ続ける。

「ラフィリア。お前は確かに強いけど、相手を見る目がなさ過ぎだろ。実力はBランクでも、見る目の無さはDランク以下だぞ。チセの嬢ちゃん自体、魔力を隠してるけど、宮廷魔術師並の強さがあるぞ」

国に仕える宮廷魔術師たちは、各国を代表する魔法使いの最高戦力の一つだ。

魔物を倒してレベルを上げ、生涯を掛けて魔法の研鑽《けんさん》を積み、魔力量を増やしているためにピンからキリではあるが最低魔力は、1万。多くて3、4万の魔力があると言われている。

私の魔力量がバレないように魔力放出量を抑えていたが、上級冒険者には筒抜けのようだ。

「その通り、今の魔力量は15000ってところね」

「凄いわね。若いのにそれだけの魔力があるなんて、まだまだ伸び代があるわね。私が12000よ。そっちの僧侶は、7000ね。ちなみにラフィリアは、エルフだから同じ15000って多いのよ」

「ちょ、勝手に魔力量をバラさないでよ！　それに私は、これからも成長してまだまだ増えるんだからね！」

同じ魔女のレナさんは、自らの魔力量を語ってくれる。

魔力量1万超えと言うことは、彼女も宮廷魔術師になれるだけの素質がある一流の魔法使いなんだろう。

「ねぇねぇ。魔力量は凄いけど、魔法は何が使えるの？　さっき、訓練所で《クリーン》と《ヒール》を使ってたから水と光？　ちなみに私は、火と闇が得意よ」

「私が使うのは、風魔法が多いかな？　火魔法と違って素材は傷まないし延焼の心配もないし。あと、旅していたから結界魔法も使うことが多いわ」

「そっかぁ。確かに素材を取る時は風魔法は便利よね。それと女の子の二人旅なら、そういう魔法も必須よね！」

同じ魔法使い同士で、何となく意気投合することができた。

そうやって上級冒険者たちと軽い交流を深め、食事を終えた私とテトは席を立つ。

「それじゃあ、私たちは帰るわ。明日からダンジョン攻略を始めるつもりなの」

「そうか、色々悪かったな！　ダンジョンで会ったら、協力しようぜ！」

そう言って、ご飯を奢ってくれたアルサスさんたちに会釈してギルドを出て、賃貸アパートに戻ってくる。

そして、夕方に外食を終えて、宿屋のお風呂を使おうとした時、何と帰宅したアルサスさんたちと再び遭遇した。

どうやら彼らもこの賃貸アパートの契約者であることを知り、結果としてそれが初めての隣人との顔合わせとなった。

12話【久しぶりのダンジョン挑戦】

これから古都・アパネミスのダンジョンに初めて挑むことになる。

「地図良し、装備良し、消耗品良し。他に足りないものは？」

「大丈夫なのです！」

「じゃあ、10階層まで最短で進みましょう。それ以降は、まぁ流れで行こうかな」

そうして私たちは、門番に挨拶してダンジョン攻略に挑む。

Dランク以降から入ることを許可されているダンジョンだが、実際にDランク相当の魔物が出るのは5階層以降だ。
1、2階層は、子どもでも倒せる雑魚魔物などが現れるらしい。
地図を確認し、魔物をテトが一撃で倒し、現れたドロップアイテムや魔石をマジックバッグに詰めていく。

「話には聞いていたけど、不思議ね。平原型ダンジョン」

以前攻略したダンジョンは、世間からは未発見の洞窟型ダンジョンだった。

規模としては、5階層という小さなサイズだったが、今回のダンジョンは、そこそこ大きいらしい。

現在の階層は、遠くまで見渡す平原と青い空だが、実際には行ける範囲が決まった開放型の階層らしい。

「とても探索が楽よね。さぁ、行きましょう」

地図を頼りに最短で5階層まで降り、5階層ごとに階層の通行を阻害するゲートキーパーと呼ばれる魔物と対峙《たいじ》する。

階層に出現する魔物より一段と強い相手で、情報通りのリザードマンの集団が現れた。

「魔女様、行ってくるのです！」

「うん、頑張って。私も適当に――《ウィンド・カッター》！」

集団としての連携などは厄介なのだが、私とテトは一撃ごとに一体ずつ倒すので、すぐに全滅させてしまう。

まぁ本気を出せば、広範囲魔法ですぐにみじん切りだ。

「総合的な強さは、ストーンゴーレムの方が上だったかなぁ。まぁ、あのダンジョンのコアには精霊が取り込まれていた格上のダンジョンだったから当然か」

当時は分からなかったが、多くの資料を読み解けば、ダンジョンコアが偶然何らかの存在を取り込み、その性質を強く反映させて強力なダンジョンになることがあると分かった。

たとえ同じ階層帯のボスでも、より強力になることからダンジョンには、格が存在すると言われている。

そんなことを考えながら、ダンジョンの6階層に降りていく。

ダンジョン内の平原の空は、現実と同じように疑似太陽の動きで大体の時間が分かるが、時折立ち止まって、【創造魔法】で創り出した懐中時計で時間を確認する。

「そろそろお昼ね。6階層の安全地帯まで移動して、お昼にしようか」

「賛成なのです！」

いつもと変わらぬテトとのやり取りでダンジョンの地図を確認しつつ、安全地帯である水場に辿り着く。

そこでは、第5階層のゲートキーパーを越えた冒険者たちが休憩していた。

5階層以上のダンジョンには、ゲートキーパーを倒して進んだ次の階層の安全地帯に転移魔法陣がある。

その転移魔法陣に触れると以降は、ダンジョンの入口の転移魔法陣と登録した魔法陣の間を行き来できるようになるらしい。

私とテトは、軽く他の冒険者に会釈しながら、ダンジョンの転移魔法陣に触れて登録し、離れた場所でお昼を食べる。

そして、午後の探索に向かうのだ。

「次は、10階層を目指しましょう」

「了解、なのです！」

返事と共に敬礼して見せるテトに、クスッと小さく笑うがすぐに思考を切り替える。

目や耳に魔力を集中させ、風魔法や土魔法で周囲を探知する。

周囲の魔物を警戒しながら、ギルドで購入した地図を頼りに最短コースを進む。

この辺りの階層の魔物でも、まだテトの魔剣の一振りで一撃で倒せるために、どんどんと進んでいく。

そして、狩り場から引き返して第6階層の転移魔法陣に向かう冒険者たちとすれ違いながら、第10階層のゲートキーパーに挑む。

「今度は、オーガかぁ。今回は私にやらせて」

「魔女様に任せるのです！」

テトが引き、浮遊魔法で地面から浮かび上がった私は、3体のオーガを見据える。

一年前は、《ウィンド・カッター》で薄皮しか傷つけられなかったが、今は違う。

「――《レーザー》！」

オーガたちに向けて杖を突きつけると、その先端から収束光線が放たれる。

光の速さで放たれた光線は、オーガの心臓を穿ち、焼き切り、胸部にポッカリと丸い穴を開けている。

「じゃあ、次は――《レーザー》で横薙ぎ！」

心臓周りを焼き切られたが、逆に止血となったオーガは、その持ち前の生命力で一歩踏み出す。

次の瞬間、杖の動きに合わせて横薙ぎに振るわれた収束光線が首を通過し、全てのオーガの頭部がダンジョンの地面に転がり落ちる。

「まぁ、こんなものかな。熱耐性や魔法抵抗が強い魔物に対しては、どの程度有効か分からないけど、ちょっと威力は過剰だったかな？」

光を使うために夜間はバレやすいが、静音性と貫通性の高い殺傷力のある魔法だ。

ただ、直進する光線の魔法のために、こちらの意志で融通が利かず、味方への誤爆が致命的になりそうだ。

「殺傷力が高すぎるから、金属を作り出して打ち出す《メタル・バレット》や圧縮した水の刃の《ウォーター・カッター》、爆発する火槍の《バースト・ランス》の方がいいかなぁ？」

そもそも《ウィンド・カッター》に込める魔力を増やして、切断力を上げた方がいいのかもしれない。

それか切断力だけが欲しいなら、闇魔法に含まれる空間要素を利用して、相手の首と胴体の間の空間をズラす魔法の方も悪くない……って。

「いけない、いけない。どんどん物騒な魔法を考えちゃうわね。とりあえず今日は、11階層の転移魔法陣に登録して帰ろうか」

「分かったのです！」

そうして、11階層の魔法陣に登録して、ダンジョンから脱出してギルドに戻ってくる。

「おっ、チセとテトじゃねぇか。今日ダンジョン挑戦してきたらしいけど、どうだった？」

ギルドでは、ちょうど帰ってくるタイミングが同じだったのか、アルサスさんたちと顔を合わせた。

「慣らしで10階を越えて帰ってきたわ」

「また無茶する。まぁ、死なないように頑張れよ。ちなみに俺たちは今24階層を探索中だ！」

ギルドから購入できるダンジョンの地図は、20階層までしか無かったはずだ。

それより下の階層にいると言うことは、彼らがこの町のトップ冒険者なのだろう。

「ぼちぼち、ダンジョンの攻略を目指すわ。それじゃあ……」

「お休みなさい、なのです～」

私たちは、ギルドでドロップした素材や魔石の一部を換金して、ギルドを後にする。

ダンジョン都市では、ダンジョンから手に入れたドロップアイテムのランクに応じて、ギルドへの貢献度が加算されるらしい。

「まぁ、冬場は、この町に滞在するから私たちのペースでやりましょう」

「マイペースが一番なのです」

私たちのペースと言うが、一般人にとってはあり得ない速さで進行している気がする。しかし、私たち自身は無理してないので大丈夫だろう。

そんなことを考えながら歩くアパートまでの帰り道に空を見上げれば、厚い雲からひらり、ひらりと雪が降り始めてきた。

そうしてダンジョン都市・アパネミスで初雪が降る日、ダンジョンの11階層まで進むことができた。

13話【久しぶりにダンジョンの宝箱を見つけました。中身は……】

今年の初雪が降った翌日、町中には薄らと雪が降った跡が見られる中、ダンジョンに入れば、常と変わらぬ環境で出迎えてくれる。

11階層から森林地形に変わるダンジョンの攻略を再開した私たちは、更に強力になった魔物たちを相手に進んでいく。

森林地形のために、障害物のない平原よりもダンジョンの木々に魔法が邪魔されることが多く、テトが魔物に近づいて剣を振るう方が効率的な戦い方だった。

それに剣が当たれば、大体の魔物を一撃で倒せるのだ……

「うーん。ここからは森林エリアだから、もっと効率のいい魔法ないかな」

炎は炎上が怖いけど、風や水魔法はイマイチだ。

光は威力過多だし、土だとテトと属性が被る。

闇魔法は、物体を操ったりする念動力や重力操作などが使え、影を魔力で半実体化させて攻撃する魔法もあるが、威力は《ウィンド・カッター》の魔法などよりも弱めだ。

ただ、霊体などの相手に対しては、有効な属性である。

「風、風……カマイタチ、突風、台風……あっ、雷撃！」

風魔法の派生である雷魔法なら、威力を調節すれば応用が利きそうだ。

「とりあえず――《サンダー・ボルト》！」

適当に魔力量１０００程度を使って生み出した雷撃は、近くの木に落ちて、根元まで真っ直ぐに木を割ってしまう。

「うーん。威力が強すぎる。もっと弱めでいいかな」

そうして威力の調整を繰り返して、魔力量１００を消費する雷の矢《サンダー・アロー》の魔法を生み出す。

雷の矢を放てば、Ｄランク程度の雑魚魔物なら感電死で倒すことができた。

更に魔物の体は、雷の矢が当たった箇所が若干焦げるだけなので、ダンジョン以外でも魔物の素材確保に使える。

また風刃がほぼ直線なのに対して、雷の矢はこちらからの誘導が利くので、木々の間を縫って放っても命中率が高い。

「もっと威力を絞れば、対人捕縛用にも使えるわね。うん、ダンジョンは本当に魔物が尽きないから練習し甲斐がある」

そう言って陽気に森林地形のダンジョンを進み、15階層のゲートキーパーに挑む。

私は、先制で10本の雷の矢を放ち、命中させる。

ゲートキーパーの魔物は、自身の魔力抵抗でギリギリのところで耐える。

そして、感電して身動きが鈍ったところでテトが魔剣で斬り掛かる。

その際に、相手の魔物が帯電したままだったら、テトにも電流が流れるかもしれないと頭を過ぎる。

だが、元ゴーレムのテトにとっては電流が効かないらしく、誤爆の心配もなかった。

そうして16階層からは、ダンジョンの森林地形はそのままに、階層ごとの広さが広がるらしい。

「この辺りになると地図の信憑性《しんぴょうせい》が薄れる感じかな」

「魔女様、どうするです？」

「うーん。とりあえず、近くの安全地帯の泉の魔法陣に登録して一旦帰ろうか」

明日以降は、もう少し探索ペースを落とすことになるだろう。

そうして私たちは、ダンジョンから帰還し、翌日からは泊まり込みも視野に入れたダンジョン攻略を再開した。

「森林エリアには、薬草やキノコ、食べ物が沢山あるのね」

16階層からは、最短距離で次の階層に進むことができないらしい。

階層の各所にいる特定の魔物を倒した時に、ドロップするダンジョン内限定のアイテムを集めると次の階層の階段が開くらしく、地図を頼りに該当する魔物を探して倒していく。

「この辺りも木々での視界の悪さと不意打ちに気をつければ、強さはあんまり変わらないかな。あっ、また薬草」

ダンジョンの階層を歩き回る距離が長いので、その途中で見つけた薬草などを採取していくと、グレイ・ウルフの群れが現れた。

この中のリーダーが次の階層を開くアイテムを持っているらしいが、こう群れで集まるとどれがそのリーダーのグレイ・ウルフか分からない。

「今回は、テトに任せるわ」

「はいなのです！」

私は、飛翔魔法で上空に退避して一歩引いた視点からテトの戦いの様子を見る。

襲い掛かってくるグレイ・ウルフたちを斬り捨てるが、その隙をついて死角から別のグレイ・ウルフが襲い掛かってくる。

だがテトは、振り向き様に裏拳を放って打ち倒し、また回し蹴りで二体のグレイ・ウルフを蹴り飛ばす。

そうして剣術と体術を駆使してウルフたちを刈り取れば、ものの数分で群れの全てが死体となり、ドロップアイテムに変わる。

「ふぅ、集める方が大変ね。それ専用の魔法でも考えるかな。うーん、吸収だと違うか。拾い上げる、引力。——《アポート》」

倒した魔物のドロップ品が私の掌に向かって集まるように、闇魔法の《アポート》を使う。

掌を起点に対象とする物品を引き寄せる引力を生み出す魔法は、便利だと思う。

だが、ドロップ品が集まっても私の小さな掌では、全て受け止めきれずに零《こぼ》れ落ちてしまうので、結局テトと一緒に拾い集めなければいけなかった。

そんな感じで私たちなりのダンジョン探索を進め、16階層を越えて17階層に辿り着いた。

「どうやら一度階層の扉をクリアしたら、次からはそのまま通ることができるみたいね」

「魔女様、どうするのです？　このまま、続けるのですか？」

「今回は、このままダンジョンで野営しようと思っているわ」

前に攻略したダンジョンは、洞窟型ダンジョンで安全地帯も周囲を壁に囲まれていたので、警戒する方向は入口だけで良かった。

だが今回は、他の冒険者も利用し、平原や森林などの開放型ダンジョンのためにその辺りの違いを見つけ出す必要があった。

「さて、夕飯はどうしようか」

「はーい、お肉を食べたいのです！」

「ああ、そう言えば、ドロップにいい肉があったわね」

森林階層に突入してしばらくして、イノシシ魔物――ホーン・ボアが現れたのだ。

護衛依頼の時に倒したビッグホーン・ボアの一段下位の魔物である。

それを倒した時、魔石と部位的にロース肉に近いお肉を手に入れたのだ。

「うーん。それなら、ポークソテーかな？」

別名――トンテキだ。

私は、フライパンに【創造魔法】で創り出したサラダ油を引き、マジックバッグから取り出した野菜をカットして、しんなりするまで油で炒めてお皿に敷く。

続いて、筋切りと塩こしょうをした厚切りのホーン・ボアの肉を油の残るフライパンに載せて、これまた【創造魔法】で創り出した【ニンニク醤油風ステーキタレ（業務用）】をいい感じで焼き上がったところに掛けていく。

焼き上がったポークソテーを野菜炒めの上に載せれば、肉の脂とステーキタレが下に敷いた野菜炒めに染み込む。

「ポークソテーの完成よ。それとパンとインスタントのコーンスープね」

「美味しそうなのです。いただきます、なのです！」

テトが作った岩のテーブルにテーブルクロスを引いて、料理を並べる。

ダンジョン内の野営にしては手の込んだ料理になったが、肉厚なポークソテーとニンニク醤油の食欲を誘う香りの組み合わせは、とても暴力的に美味しかった。

「女の子として、ニンニクの匂いが残るのは不味いわよね？　《クリーン》の魔法で消えるかな……あっ、消えた」

「魔女様〜、お風呂の準備できたのです〜」

「分かったわ。それじゃあ入りましょう」

テトがダンジョンの地面を操作して浴槽を作り、私が魔法でお湯を張って二人で入る。

野営としては、やり過ぎなほど快適に過ごした。

夜は、不寝番のテトに守られながらテントの中で眠り、何事もなく朝を迎える。

「おはよう、テト」

「魔女様、おはようなのです！　今日も、頑張るのです！」

テトと挨拶を交わして朝食などの朝の支度を整えた後、ダンジョン攻略を再開する。

面倒な階層ギミックも昨日で雰囲気を掴んだので、すぐに終わる。

ただ、森林階層の素材は、ギルドに採取依頼が出されていたので採取のために少し探索する。

「あっ、宝箱」

「誰かの見落としなのですか？」

「それはないと思うわ。新しく湧いたのかもしれない」

ダンジョンは、定期的に侵入者を誘《おび》き寄せるための撒き餌として、宝箱を生み出す。

その宝箱の中身には、金銀財宝の他にマジックバッグなどの稀少な魔導具も入っている。

私たちは、ダンジョンで見つけた宝箱に慎重に近づく。

そして、テトを守るための結界を張り、宝箱を開いてもらう。

――ヒュン、プシュー。

「おわっ、ビックリしたのです！」

「毒針と毒霧の罠《わな》ね。結界を張っておいて良かった」

人間のように見えるが、テトの体は泥土で構成されている。

そのために、人間に作用する毒などを受けず、たとえ人間の急所を刺されても問題はない。

「魔女様～、こんなお宝があったのです！」

「ちょ、テト、勝手に触らないの！　私が今、鑑定するから……あっ」

テトが宝箱から籠手《こて》とネックレスを取り出す。

二つのお宝の内、ネックレスの方が妖しく輝き、テトの首に巻き付こうとうねる。

そして、テトの手から抜け出したネックレスが首に巻き付いたところで、バチッと何かに弾かれるように地面に落ちた。

「ほわぁっ、またまたビックリしたのです～」

「テ、テト、大丈夫なの!?」

私は、慌ててテトに駆け寄り、無事なことを確認する。

続いて、鑑定のモノクルを取り出して、テトに巻き付こうとしたネックレスを見る。


【絞殺のネックレス】

元はネックレス型の魔導具であったが、ダンジョンの魔力により、呪われてしまった物品。直接手に取った人間の首に勝手に巻き付き、絞殺しようとする。


元ゴーレムのテトは、身体に対しての状態異常には強い。

だが、呪いなどの精神的な抵抗力は、普通なのだろう。

「ああ！　折角、魔女様から貰ったお守りがボロボロになっているのです！」

「【返呪の護符】がテトを守ってくれたのね」

事前の対策として【創造魔法】で創っておいた【返呪の護符】を身に着けさせていたので、呪いの装備に首を絞められるのを防いだようだ。

その代わり、テトの服の下に隠してあった護符は、消耗品のために焼き切れたようにボロボロになっている。

「テト、代わりの【返呪の護符】よ。それと呪いの装備がそのままだと危ないから、石の箱を作ってちょうだい」

「はい、なのです」

テトに新しい【返呪の護符】を渡した私は、地面に落ちた絞殺のネックレスを闇魔法の《サイコキネシス》で浮かべて、【創造魔法】で生み出した布に包む。

絞殺のネックレスは、直接手に触れないようにすれば、とりあえず大丈夫だ。

一応、念のためにテトが作った石箱に布で包んだネックレスを収めて、ロープで厳重に石箱を縛ってからマジックバッグに仕舞う。

「よし、これでいい。それとそっちの籠手の方は……あっ、結構いいものね」


【大地の御手《みて》】

土属性の魔力が浸透した籠手。

装備した者が持つ物の重さを軽く感じさせる力がある。


この籠手は、身に着けている間、握った物を半分程度の重さで感じることができるそうだ。

「戦士向きの防具ね。それに常時発動型の魔導具っぽい。テトは、いる？」

「えー、いらないのです」

テトはゴーレムとしての身体強度と、圧倒的魔力による【身体強化】で軽々と人を薙ぎ払う。

今更、それが少し楽になる程度では、装備としての意味がないようだ。

それにテトらしい理由としては――

「そんな籠手を着けたら魔女様を抱き締めた時、ゴツゴツが魔女様に当たっちゃうのです」

「そんな理由で要らないの？　まぁ、私もサイズが合わないし、売ろうかな」

大剣使いのような冒険者には、垂涎《すいぜん》の品だが、私たちには無用の長物のようだ。

ただ、こういう魔導具があると認識したために、次からは膨大な魔力を使って【創造魔法】で創り出すことができるだろう。

「さぁ、今度こそ先に行こうか」

「はい、なのです」

十分にこの階層での採取物を集めたので、18階層に降りる。

そして、その日は18階層の安全地帯で野営して、翌日は、18、19階層と攻略して20階層に辿り着く。

「ここを越えれば、21階層の転移魔法陣から帰れるわね」

「あとちょっとなのです！　早く帰って魔女様と一緒にベッドで寝たいのです！」

ここ数日、ダンジョン内の野営でテトに不寝番を頼っていたので、私もダンジョンから出てテトと一緒にゆっくり休みたいと思う。

だが、その前に20階層には、「Bランクに位置するランドドラゴンという地竜の一種がゲートキーパーとして待ち構えている。

普通ならCランク冒険者数人掛かりで動きを押さえ込み、遠距離から魔法で攻撃してダメージを負わせていくのだろうが――

「テト！」

「はいなのです！」

魔法使いの私を守ることなく飛び出したテトは、駆け抜け様に地竜の足を魔剣で斬り捨てる。

そして私は、飛翔魔法で空に浮かび――

「ドラゴン相手には、どんな感じかしら――《サンダー・ボルト》！」

頭上から落雷を落とすと、ランドドラゴンの叫びが響く。

だが、それで力尽きないのは流石、亜竜の生命力なのだろうが――

「もう一発――《サンダー・ボルト》！」

一発１０００の魔力を込めた落雷をもう一発落としていく。

流石に、落雷の魔法が２発必要なほどの強敵だが、ヒュドラの再生のような特異な能力がない分、楽に倒せた。

そして、黒焦げになったランドドラゴンの死体が消え、後には、Ｂランクに相応《ふさわ》しい魔物の魔石と小瓶に入った赤黒い液体がドロップする。

「これは、ランドドラゴンの血液ね」

竜種の血は、様々な魔法薬を作るのに使われることが多いために、かなり高額で取引されているらしい。

ランドドラゴンは、竜種の中でもワイバーンと同列の知能の低い亜竜だが、それでも血の力は強い。

ただ、落雷の魔法で黒焦げになり、血液だって沸騰しているのに、どうして新鮮な血液がドロップするのだろう。

それに瓶詰めの瓶はどこから……

「考えても仕方がないか。そういうものよね。さて、21階層の魔法陣に登録して帰ろうか」

「賛成なのです！　近くの食堂でご飯を食べたいのです！」

私とテトは、21階層に進む。

そこは、再びエリア構造が変わり、今度は私たちも見慣れた洞窟エリアが続いている。

この町のトップ冒険者のアルサスさんたちも、この付近の階層にいるだろう。

「とりあえず、ここからは地図がないから少しずつマッピングして、安全地帯を探そうか」

「分かったのです」

私は、テトを先行させながら洞窟を進み、歩きながら地図を作成する。

洞窟の道は比較的広めであり、エリアの広さも20階層基準のために私たちが最初に入ったダンジョンよりも格段にマッピングが大変なようだ。

それでも夕暮れ前には21階層の安全地帯である泉を見つけ、そこにある転移魔法陣に登録してダンジョンから出る。

「うーん。疲れたし、今からギルドの報告に行くと夕飯を食べ損ないそうだから、明日にしようか」

「テト、もうお腹ペコペコなのです」

ダンジョンから出た後は、急ぐ報告や依頼はないので、ギルドへの報告は明日に回すことにした。

近くの食堂で夕食を取ってアパートに帰ってきた私は、久しぶりにテトに抱き締められながら、ベッドで眠りに就いた。

14話【ギルドの納品風景の一幕】

朝、いつものように抱き締めてくるテトの腕から抜け出して、身支度を整える。

「テト、ギルドに行くから起きなさい」

「はいなのです～」

そうしてノロノロと起き出したテトを連れて、馴染みの食堂で朝食を食べた後、ギルドに向かう。

数日間ダンジョンに籠っていたので、今日はギルドへの報告と素材の納品だけしてゆっくりと休むつもりだ。

「おはよう。報告いいかしら？」

「あっ、チセさん、テトさん、お帰りなさい。ダンジョンからは今お帰りですか？」

「いえ、昨日の夕方には帰ってきたけど、報告は今日に回したわ」

朝一番の忙しい時間帯からズラして来たために、ギルドも少し空いており、余裕を持って受付嬢に報告することができる。

「昨日、ダンジョンの21階層まで到達したわ」

「ほ、ほんとですか⁉　二人だけでゲートキーパーのランドドラゴンを！」

「ええ。その証拠として魔石とランドドラゴンの血の確認をお願い」

驚く受付嬢の前で、マジックバッグから魔石とランドドラゴンの血の入った小瓶を取り出す。

「こ、こちらは、どうされますか？　ギルドでは、買い取りをしていますけど……」

売って欲しい、という視線を送られた私は、テトの方を見る。

「テトはどうする？」

「うーん。魔石は残したいのです」

うん、テトが食べるために必要だと思った。

ただ一口では食べられそうもないので、ある程度砕いて小さくした物を食べるのだろう。

「そうね。私も趣味でランドドラゴンの血を使いたいから、今回は売却はなしね」

「ああ、魔石で小金貨5枚、血が小金貨3枚が……」

受付嬢の呟《つぶや》きを聞き取ったが、ランドドラゴン1体を倒して小金貨8枚——80万円相当は中々だ。

「まぁ、気を落とさないでよ。他にも採取依頼で使われる素材とかを採ってきたから」

「ああ、天使がいる！　依頼主からせっつかれやすい採取系の救いの女神が」

「魔女様は、天使みたいに可愛くて、女神みたいに優しいのです！」

「テト、茶化さないの。それとあなたもちゃんと仕事して！」

私は受付嬢を促して、買取カウンターに案内させ、そこで16階層から20階層までの採取物を取り出していく。

「一応、こっちでも採取依頼のあるやつを中心に集めたけど、他にも有用なやつを採ってきたから換金お願いいね。ああ、そっちの薬草は、半分は戻してね。私個人で使いたいから」

「えっと、チセさん、さっきのランドドラゴンの血といい、この不気味な植物といい、何か怪しげな儀式魔法に使うんですか？」

キェエエェッと悲鳴を上げそうな不気味な植物魔物は、採取依頼の素材だが、討伐の必要があるマンドラゴラだ。

他にも数種類の毒々しいキノコや怪しげな色の薬草などをマジックバッグに回収しながら、胡乱げな目で受付嬢に答える。

「そんなことするわけないでしょ？　これは、魔法薬の素材としても使えるのよ」

「そ、そうですか。魔法薬……そうなるとチセさんは、ポーション作れますか？」

「ええ、一応基本くらいはね」

「じゃあ、もし作ったらギルドに持ってきてください！　銀貨2枚で買い取ります！」

ポーションの売値は、大体銀貨3枚なので買い取り価格としては悪くないが……。

「いいの？　薬を管理するギルドとかそういうところの許可は必要じゃないの？」

小さな村々ならお目こぼしされたり、自分で使う分には問題無い。

ただ大きな町になると他の人に使わせるポーションは、その土地ごとに管理しないとダメじゃないだろうか。

そう思ってると、理由を説明してくれる。

「ダンジョンがあるので、ポーションの需要が多く常に不足してるんです。なので新しい調合師の育成と薬草採取を推奨してるんですけど、中々進まないんですよね」

そういう事情があるのかと納得すると、買取カウンターの職員が受付嬢に注意する。

「こら、無駄話をしてたらダメだぞ」

「す、すみません。それでは、こちらの採取物の買い取り査定をします。少々お待ちください」

そう言って、あることを思い出して、自らの受付業務に戻ろうとする受付嬢を呼び止める。

「ちょっと待って。そう言えば、もう一つあったわ」

「……今度は、何でしょうか？」

20階層のランドドラゴンを倒し、大量の採取物と不気味な薬草を見せつけられ、次は何が出てくるのか身構える受付嬢だが、私は構わずに話す。

「ダンジョンで宝箱を見つけて、その中から二つ魔導具が出たのよ」

「わぁ、おめでとうございます」

「それの相談で一つは売却したいのよ。【大地の御手】って魔導具よ」

それを聞いたギルドの酒場にたむろっていた冒険者たちが一斉に振り向き、何人かが腰を上げる。

「そ、それは……本当におめでとうございます」

冒険者たちの反応に、受付嬢が引き攣《つ》った表情で私を祝福してくれる。

私もチラリと酒場を確認すれば、Cランクの前衛冒険者たちが【大地の御手】に反応している。

【大地の御手】は、持ち手の感じる重量が半分になるだけで、持っている道具の質量は変わらない。

持つ剣の重量が軽く感じれば、剣を振るう速さが増して攻撃の手数を増やせる。

もしくは、剣自体の重量を増やせば、一撃の威力を増やすことができるのだ。

そんな戦士垂涎《すいぜん》の魔導具を実際にマジックバッグから取り出すと、ギルド内にどよめきが走る。

「……売りたいんだけど、幾らになる？」

「え、ええっと……」

受付嬢は、助けを求めるように買取カウンターの職員に視線を向ける。

買取カウンターの職員は、困ったような苦笑を浮かべてギルド内に響くような声で答えてくれた。

「この手の魔導具は、その時々で値段が変わります。またダンジョン産の魔導具は、性能が良いのでかなり高価になるでしょうね。買い取り価格は、最低小金貨2枚前後でしょうか？」

「思ったより安いのね」

前衛の冒険者の攻撃力上昇に繋がる魔導具なのに、と思わず口にすると、買取カウンターの職員は、ニッコリと笑みを浮かべながら私の疑問に答えてくれた。

「確かに身に着ければ、武器を軽く感じて前衛冒険者たちの力を高めてくれます。ですが、これは魔剣のような直接的な攻撃力のある魔導具ではなく、補助魔道具なのです。どうかご理解ください」

「なるほどね。じゃあ、オークションとかに出す場合は？」

「そちらでしたら、冒険者以外にも貴族や騎士なども参加するので更に値段は上がるでしょうが、すぐに現金は手に入りませんし、オークションの仲介料なども差し引かれます」

ギルドとしては、売却された魔導具を必要とする冒険者に売って戦力増強を図ったり、オークションでより高い値段で売って利益を上げているんだろうな、と理解する。

「なら現金での買い取りでよろしくお願いします」

「分かりました。それで、宝箱から出たもう一つの魔導具は、売却されずにご自身で使うのですか？」

【大地の御手】のインパクトが強すぎて忘れかけていた受付嬢は、宝箱から出たもう一つの魔導具について尋ねてくる。

「そっちの方が私の本題よ。呪われた装飾品の扱いについて聞きたいのよ」

「呪いの装備ですか……具体的には」

「手に持つと、首に巻き付いて絞殺してくるネックレスよ」

「こんな感じで首に巻き付いてくるのです！」

私の言葉とテトが自分の首を締めるような身振りに、受付嬢がひっと短い悲鳴を上げる。

「直接触らなければ呪いは発動しないし、呪い対策の装備を身に着けていれば弾けるわ。それに今は布に包んで、石の箱で厳重に保管してあるわ」

貴族の誕生日プレゼントの中に忍ばせておけば、呪いの装備が相手を暗殺してくれそうだ、など悪用の方法は幾らでも思い付いてしまう。

だが、呪いなど浄化して消し去った方が世のためだと思う。

「そうですね。やはり、教会などで浄化してもらえれば、魔導具としての買い取りはできます。ギルドとしても買い取ることはできますが、元がどんな魔導具なのか分からないので、買い取り価格は一律銀貨5枚になります」

それと教会のお布施や寄付――いわゆる浄化代の名目――は小金貨3枚なので、下手したら赤字となる可能性もある。

だが、野良の魔法使いに浄化を頼んで、呪いが解けなかったり、中途半端に呪いが残ったまま使って痛い目に遭うこともあるそうだ。

「とりあえず、教会に頼んで浄化してもらいたいかな」

「分かりました。それでは、教会関係の施設の地図を用意しますね」

そう言って、私は地図を受け取り、しばらくの間、素材の買い取りなどを待つ。

そして、買い取り価格は、採取依頼の報酬分を含めて、小金貨4枚になり、ちょっとした小金を稼ぐことができた。

採取物は、元々16~20階層の難易度の割に安いので、大部分が売り払った魔導具の値段だが、それでも私たちにとっては十分な報酬だ。

まぁ、確保した魔石も売り払えば、大金貨1枚を超えるだろうが、テトが食べるので今は残している。

「その代金は、呪いの装備の浄化代と当面の生活費にするわ」

「分かりました。それでは、依頼達成の処理をするのでギルドカードを出してください」

私とテトは、採取依頼の達成の処理を受ける。

「それにしても凄いですね。1年でCランクまで登って、依頼の達成率100%なんですね」

「私は、できることしかしないだけよ。それにどちらかと言うと、事後で処理してくれる採取依頼の方を好んでるからね」

そもそも、依頼を達成するために冒険に出るのではなく、冒険に出た成果から依頼を選び取っているような状態だ。

「それじゃあ、もう行くわ」

「また来るのです！　さようならなのです！」

私は、昨日までのダンジョンでの成果を精算してギルドを出る。

その後、教えてもらった地図には、幾つかの教会施設があり、ギルドから一番近い場所に向かった。

15話【教会の浄化魔法】

「ここが教会ね」

簡素な外見だが、厚めに壁が造られ、庭先もあるため、緊急時の避難場所や仮の診療施設を想定した造りなのかもしれない。

私が開け放たれた教会の中に入っていくと、私を転生させた女神・リリエルに似た女性像が置かれていた。

女神・リリエルとは、五大神と呼ばれる女神たちの一柱らしく、地母神や豊穣神の性質を持っているらしい。

私を転生させた女神と名前と細かな特徴が一致しており、過去に度々地上に降臨してその力を行使したり、人々の祈りで奇跡を起こしたり、依代となる人間によって降臨されたなどの逸話がある。

そんな神像を見上げてると、奥から初老の神父様が出迎えてくれた。

アルサスさんのパーティーにいた神父風の冒険者よりも、教会の父というような穏やかな表情を浮

かべている。

「おや、お客さんですか？　ようこそ、いらっしゃいました」

「初めまして、私は冒険者をやっているチセと言います。こっちは、同じパーティーを組んでいるテトと言います」

「よろしくなのです！」

厳かな雰囲気の教会にテトの明るい声が響き、神父様は目を細めて温かな視線を向けてくれる。

「チセさんにテトさんですね。本日は、どのようなご用件でしょうか？」

「実はダンジョンを探索した際に、呪われた装備を見つけまして。その相談を」

「なるほど。それでは、あちらの部屋で聞きましょう」

神父様に客間に案内された私たちは、ギルドで聞かれたのと同じ説明をする。

そして、実際にマジックバッグから石箱に封印した呪われた装備を取り出す。

「こちらの中に入っています」

「なるほど……呪いの装備としては、比較的ありふれた物のようですね。それでどういたしますか？

こうした呪いの品は持っていると災いを呼び込む場合があります。教会が処分を引き受けていますが
……」

「できれば、教会のお力で浄化していただけたらと思います」

私は、浄化の代金である小金貨３枚を取り出してテーブルに置くと、神父様も頷《うなず》いた。

「分かりました。それでは、行いましょう」

その場で石箱の蓋を開けて、テーブルの上に儀式に利用する道具を並べていく。

「――《主よ、我が魔力を持って、この世の穢《けが》れを浄化したまえ、ピュリフィケーション》」

私には、神を敬う気持ちはあんまりないが、目に魔力を通すことで目の前の浄化の魔法の理は何となく理解できた。

呪われた装備から発せられる黒い魔力――これを仮に瘴気《しょうき》として、それを自身の魔力で干渉して解きほぐし、無害な魔力に変えるのだ。

瘴気が解けていく度に、空気中に様々な色の魔力が溶けては消えていく。

（イメージは掴めた。汚れを分解する《クリーン》とは別に、対象の魔力を分解するのが浄化の魔法ね）

そうこうしている内に神父様は浄化を終え、装飾品を手に取り、ゆっくりと頷いた。

「ちゃんと浄化ができました。こちらはお返しします」

「ありがとうございます。この場で確認してもいいですか？」

「ええ、もちろん。どうぞ」

私は、鑑定のモノクルを取り出して確かめる。

――**【危機察知のネックレス】**

宝石を赤く光らせることで危機が迫っていることを教えてくれるネックレスの魔導具。


「ありがとうございます。ちゃんと呪いは、解けていました」

「そうですか。後学のために、それはどのような魔導具だったか教えていただけますか？」

「【危機察知のネックレス】と言います。危険が迫ると宝石が赤く光るらしいです」

有用な魔導具ではあるが、少女の見た目の私には、デザインが派手すぎるように感じた。

用件が終わったので、【危機察知のネックレス】を優しく布で包み、マジックバッグに仕舞う。

そして私とテトは、神父様に教会の入口まで見送られる。

その途中、教会の入口で一人の男の子が待ち構えていた。

「神父様、冒険者が来てるって本当か！」

「これこれ、ダン。何をやっているのですか？」

神父様が優しく諭すように話しかけると、男の子は顔を上げてハッキリと神父様を見つめ返している。

「神父様。ここに来た冒険者ってのは、そこの人たちか？」

「ええ、そうですよ。少し用があって来ましたが、今帰りますよ」

「なら、そこの姉ちゃん！　俺も一緒にダンジョンに連れて行ってくれよ！　そっちのちっこい子と同じように」

テトは、外見的に姉ちゃんで合っており、私がテトに連れられているように見られたのだろう。

確かに、テトよりも小さいために、テトがリーダーのようにも見えるし、今までだって私がテトに寄生しているように思われたことが度々あった。

だが、これでも私はCランク冒険者なのだ。

やはり幻影魔法を覚えてテトと同年代に見えるようにするか、と考え込む一方、神父様は優しく少年を止める。

「冒険者の人たちを困らせてはいけませんよ。それに冒険者になるのは危ないこと。ましてダンジョンに行くなど、子どもは許されませんよ」

「何だよ！　ダンジョンに行かなきゃお金を稼げねぇだろ！」

「それでも私は、あなたたちの父として、危険なことを許すわけにはいきません」

毅然とした態度の神父様に諭された男の子は、悔しそうな、悲しそうな顔で教会の裏手に走り去っていった。

そんな少年を見つめる神父様は、溜息を吐きながら、こちらに謝ってくる。

「すみません。ご迷惑をお掛けして」

「テトは気にしてないのです！」

「それよりもあの子は？」

私もテトもダンジョンへの同行を頼まれたことは気にしてないが、先程の子どもと神父様との関係の方が気になって尋ねる。

「私が面倒を見ている教会の裏手にある孤児院の子の一人です」

「なるほど。子どもがお金のことを気にしていましたけど、やはり厳しいのですか」

「領主様や信者の方々からの寄付などで成り立っておりますが、恥ずかしながら……子どもたちの将来を考えると不安でして……」

「そう、ですか」

神父様が奮戦している様子は分かる。

それでも子どもが自らお金を稼ごうと言い出すのだから、孤児院の経営は大変なようだ。

「テト、やらない善よりやる偽善だよね」

「魔女様がやりたいようにやるのです。魔女様は間違っていないのです」

「ありがとう、テト……神父様」

私が声を掛けると、若干孤児院の件で弱気になっていた神父様が顔を上げ、元の穏やかな表情を作る。

「手持ちは少ないですけど、このお金と食料を孤児院で使ってください」

「よろしいのですか？」

私は、本日の収入の残りである小金貨1枚とマジックバッグの中にある死蔵気味な食料を放出する。

孤児が何人いるか分からないし、足りるかも分からない。

それでも、私の気持ち的にやりたいと思ったのだ。

「ありがとうございます。あなた方二人に女神・リリエル様のご加護を」

「それでは、これで失礼します」

「また何かあったら来るのです！」

神父様に見送られて、教会を後にした私とテトは、アパートに戻ってくる。

ここ数日の稼ぎをほとんど教会に使ってしまったが、孤児たちのために使えたと思えば、後悔はない。

それにまた稼ぎ直せばいいか、という前向きな気分で一日を終えたのだった。

16話【ダン少年】

ダンジョン探索の稼ぎのほとんどを、呪いの装備の浄化と孤児院への寄付に使った私たちは、ギルドの依頼掲示板を見上げていた。

「私たちが森林階層の採取依頼をしたから、その辺りの依頼はないわね。どうする？」

「食材が欲しいのです。それか、のんびり過ごしたいのです」

「そうね。それじゃあ森林階層で食材を落とす魔物を倒して、その下の平原階層で薬草採取しようか」

冒険者ギルドに預けたお金はまだあるが、やっぱり稼がないとなぁ、という気分でダンジョンに向かう。

そうしてギルドの近くにあるダンジョン入口を目指すと、聞き覚えのある声が聞こえた。それもつい最近聞いた声だ。

「なぁ、俺もダンジョンに連れて行ってくれよ！」

「いちいちしつこい！　お前なんて足手纏いだ！」

「俺だってこう見えてもFランクなんだ！　だから――『しつこい』――いたっ！」

パーティーに入れてくれるように頼み込む少年に対して、鬱陶《うっとう》しそうに冒険者の一人が腕を振るうと、男の子が尻餅をついた。

小さい子どもを振り払ったことに後ろめたさを感じる冒険者たちだが、それでも邪魔をされて苛立ち気味に舌打ちをしてダンジョンに入っていく。

「ううっ、いたたっ……」

「あなた、大丈夫？」

「あんたら、昨日の冒険者の姉ちゃんたち」

涙目で立ち上がるが尻餅をついた時に掌を擦《す》り剥いたのか、少し痛そうにしている。

「ほら、手を出しなさい」

「はぁ、何だよ」

「いいから――《ウォーター》《ヒール》」

血が滲《にじ》んでいた掌に向けて水魔法で汚れを落とし、回復魔法を発動させれば、傷口が塞がり綺麗《きれい》になる。

「これ……神父様と同じだ」

「あなた、私をテトのオマケみたいに思っているけど、これでもCランク冒険者なのよ」

「魔女様は凄いのですよ！　ドーン、ドーンと雷を落とすことができるのです！」

そう言って私の凄さを伝えようとするテトだが、擬音を含んだ説明に少年がポカンとしている。

「とりあえず、何があったか話してちょうだい」

「……あんたに、何ができるんだよ」

「できることなら手伝ってあげるわよ。まぁ、子どもを危ない目に遭わせる気はないから」

「あんただって、子どもだろ……」

ふて腐れたように視線を逸らす少年が、小さく呟《つぶや》くように悪態を吐く。だが、探るようにチラリと私たちの方を見る。

「信じて、いいのか？」

「お姉さんたちに任せなさい」

そう言って、近くの屋台で串焼きとジュースを買い、冒険者向けに用意された野外テーブルの席に座らせる。

「俺は、ダン。孤児院の子ども。うちの孤児院、経営が厳しいっぽいんだ。領主様は、お金を出してくれるけど、やっぱり足りないんだ」

「子どもたちの年齢と数は、どんな感じ？」

「今は、16歳の兄ちゃんと姉ちゃんが、神父とシスター見習いで孤児院の手伝いをしてくれてる。他の兄ちゃんたちは、15歳で独り立ちしてるからいないんだ。12歳から14歳が10人。俺たち9歳から11

歳が10人、その下のチビ共が23人」

色んな事情で孤児院に来る子が多いらしい。

冒険者の親が亡くなったためだったり、親戚に虐待されて保護されたり、親に捨てられたり……

子どもの中には、里親が見つかって引き取られることもあるが、それは稀である。

「それでどうしてお金が欲しかったの？　それに何でダンジョンに入ろうとしたの？」

「神父様を楽させたいし、チビどもにもっと良い暮らしをさせたい。ダンジョンに入って魔物をブッ倒せば、レベルが上がって今より強くなって、楽にお金を稼げると思ったんだ」

まぁ、子どもらしい向こう見ずな考えに溜息が漏れてしまう。

隠し持っているのは、孤児院を卒業した先輩冒険者の忘れ物の採取ナイフだろうか。

その程度の準備しか持たずにダンジョンに挑むなど、わざわざ殺されに行くようなものだ。

そういう子どもが後を絶たないから、管理されているダンジョンの入口には人を配置して、Dランク以下の冒険者の立ち入りを禁止しているのだろう。

「じゃあ、入れないって分かっていたのなら、何で冒険者に声を掛けてたの？」

「そうなのです。さっきも振り払われて尻餅ついてたのです」

私とテトが冒険者のパーティーに声を掛けていたことを指摘すると、少しバツの悪そうな顔になる。

「Dランク以下でもダンジョンに入れる方法があるんだよ……」

そう言ってダン少年が語るのは、制度の穴を突いたような方法だった。

個人としてはDランク以下の冒険者でも、冒険者パーティーとしての平均ランクがDランク以上ならダンジョンに入れることができるらしい。

私やテトのようにマジックバッグを持っている人は稀なので、ダンジョン攻略に必要な荷物を背負うポーターという人材をパーティーに組み込むためらしい。

Eランクの冒険者は、その荷物運びを行いながら冒険者の戦い方や野営の基礎などを学び、Dランクに上がるための下積みをするらしい。

「けど、それって危ないんじゃない？　荷物運びのEランクだからって不当に報酬を下げられそうよね。それに、パーティーの冒険者たちに悪意があれば、魔物をおびき寄せたり、逃げる時の囮《おとり》にされるかもしれない。それか、奴隷として攫《さら》われたり、快楽殺人者が優しい顔をして近づいて、誰も見ていないダンジョン内で殺される可能性だってある」

「えっ……」

そんな可能性に至らなかったらしく、ダン少年は愕然《がくぜん》としている。

まぁ、どのみち小柄な少年には、冒険者たちの荷物運びはできそうになかった。

むしろ、今まで断ってくれた冒険者たちの方が、子どもを危ない目に遭わせないための良識があったのかもしれない。

「それじゃあ、どうすればいいんだよ」

「……はぁ、仕方がない。一肌脱ぎますか」

「魔女様、お風呂の時間じゃないのです」

「いや、そういう意味じゃないから……」

そう言ってテトをジト目で見てから、少年に一つの提案をする。

「ねぇ、あなたたち薬草採取はする？」

「えっ？　そりゃ、ＧとＦランクまでしか上がれないから、俺たちが受ける仕事って薬草採取ばっかりだぞ」

「なら、その薬草をギルドに卸さずに、ポーションを作った時は幾らで売れると思う？」

私の質問に対してダン少年は、指を折って数え始めた。

だが、読み書きや計算の教育が不十分なダン少年は、頭を抱え始める。

「わ、分かんない。沢山お金が貰えると思うけど、ポーションの値段知らない」

「そうね。一般的な薬草採取だと一束大銅貨２枚ね」

「うん。孤児院の仲間と一緒に探して、いつもそれくらい貰ってる」

「採取した薬草の量からは、ポーションを３本分作れる。ポーション１本の値段は、銀貨３枚よ」

「神父様の回復魔法と同じだ。それだと３本だから――凄い銀貨９枚になった！」

軽い怪我ならもう少し安くなるが、教会の回復魔法などは、大体銀貨３枚くらいだろう。

その事実に気付くと共に、ダン少年の表情がくしゃっと歪む。

「ずるい。俺たちが町の近くの平原まで出て集めた薬草が、たった大銅貨２枚にしかならないのに、大人たちはそれでポーション作って銀貨3枚で売るなんて」

「でも、それが手に職を付けるってことよ。素材のまま売るよりも加工したものを売った方が儲かる。だから人は、勉強して良い暮らしにしようとするの」

子どもにとっては、理解し辛いことだろう。

そして私は、ダン少年に提案する。

「私は、あなたをダンジョンに連れて行くことはしないわ。けど、お金を稼ぐ方法は教えてあげる」

「本当なのか？」

「ええ、この町では慢性的にポーションが不足しているわ。それならあなたたちが薬草を採取して、その薬草からポーションを作って売るのよ」

そんな方法が……とダン少年が目を見開くが、すぐに俯《うつむ》く。

「無理だよ。そんな方法……誰も孤児の俺たちにポーションの作り方を教えてくれないよ」

どの町でも調合師などの技能職は、家族経営が多いために、数が増えず、弟子入りするのも稀だ。

そのために、そうした技能職というのは、増えにくい傾向がある。

「ポーションの作り方なら、私が教えるわ」

「ホントか⁉」

「ええ、ただ神父様に報告と相談ね。それでダメだったら、別の方法を考えるわ」

そう言って、私はダンジョン探索の予定を切り替えて、ダン少年を連れて教会に向かった。

「あなたたちは昨日の……それに、その子は……」

「神父様、こんにちは。まずはこの子を怒らずに、私たちの話を聞いていただけますか？」

それから今日のダンジョン前で見た出来事とその危険性を神父様に話し、それでもお金を必要とするダン少年の意志に対して私が提案をする。

「彼らは、薬草を採取することに慣れてます。なので、彼らの中から調合師を育てることができれば、将来の自立と孤児院の状況改善になるのではないでしょうか」

「……そう、ですか。この子がそんなことを」

「俺たち、知ってるんだ。神父様、孤児院のためにお金を集めなきゃいけないから、色んな所に頭を下げに行ってるって」

「……子どもたちは、気付いていたのですか。確かに寄付のお願いをしていますが、情けない姿を見せていたようですね。お恥ずかしい」

「神父様は、情けなくないし、恥ずかしくない！」

そう言って神父様は、疲れたように溜息を吐き出して困ったように笑うが、ダン少年はすかさず反論する。

それだけ神父様は、子どもたちに慕われているのだろう。

「分かりました。チセさんの申し出をお受けしたいと思います。ただ、教えるだけでは終わりではありません。子どもたちが安全に過ごせなければ……」

「はい、分かっています。子どもたちの安全のため、上手く冒険者ギルド、もしくは更に上の偉い人を巻き込むつもりです」

ダン少年がこの場にいるために、あまり物騒なことは言いたくないためにそう言葉を返すと、神父様は、嬉しそうに頷《うなず》いてくれた。

「色々準備もおありでしょう。それと、私もこの子と話があるので、今日はお引き取りをお願いします。ダンには、少しお説教が必要なようですからね」

「分かりました。それでは……」

「頑張って、叱られるのですよ～」

「えっ、ちょ……姉ちゃんたち、待っ……」

神父様は、穏やかな笑みで私たちの退出を促し、ダン少年には少し圧のこもった微笑みを向けた。

私たちが素知らぬ顔で部屋を退出した後、ダン少年は穏やかな神父様に懇々《こんこん》と今日のことを説教されたのだと思う。

孤児院救済の話がやってきたのは僥倖《ぎょうこう》だろうが、それとダンジョンに行こうとしたのは別の話である。

大人に怒られて成長しろ、ダン少年。

17話【便宜を図ってもらうために】

孤児院のダン少年を神父様に返した後、私たちは、冒険者ギルドに戻る。

孤児院を救済すると決めたために、これからはダンジョンで一番換金率の高い魔石も売却して資金にしていく予定だ。

そのためにテトには、魔石を吸収するのを我慢させてしまうだろう。

それに――

「テト、アレを使いたいけど、いいかな？」

「テトはもう頭の方を食べたから、後は魔女様が好きにしていいのです～」

テトには魔石の吸収を我慢してもらうことを含めて今度埋め合わせしないと、と思いながら冒険者ギルドに入り、受付嬢のいるカウンターに行く。

「こんにちは。少し相談があるのだけれど、いいかしら？」

「はい、何でしょうか？　もしかして、昨日のランドドラゴンの魔石や血を売ってくれる気になりましたか？」

「似たような物かな。ゆっくりと話がしたいから、個室を用意してもらえるかな？」

「畏《かしこ》まりました」

そうして、昨日の受付嬢と買取カウンターの職員と共に個室に来た私たちは、テーブルの上にある物を載せる。

「なぁ!?　大きい魔石！　これはランドドラゴン、じゃない!?　更に上位の魔物!?」

「まま、まさか！　チセさんたちが倒したんですか!?　どこで!?　そんな魔物が出現していたら大騒ぎになりますよ！」

そうパニックになりかけるギルド職員に対して私は、淡々と説明する。

「これは、私の家に伝わる家宝の魔石です。Aランクに近い魔物の物だと思います。これをギルドに売却。いえ、譲渡《じょうと》したいから、とあることに対して便宜を図って欲しいの」

「な、な、何ですか!?　そ、そんな賄賂《わいろ》は、認められませんよ！」

まぁ、一見ランク上げろ、と暗に言っているようにも見えたかもしれない。

誤解を解くために、もう少し詳しく説明しよう。

「あなたが言ってたでしょ？　ポーションがあれば買い取りたいって」

「へっ？　ポーション？」

「ちょっとした縁で孤児院の子どもと接点ができてね。その子にポーションの調合を教えようかと思うのよ」

「孤児院、ってことは昨日の教会ですか!?」

ギルド職員の二人は、そんな唐突な話が、今回の魔石の譲渡とどう繋がるのか分からずに困惑している。

「……いきなりのことで判断できないので、ギルドマスターに報告します」

「ええ、お願いいね。できれば、ギルドマスターとも話がしたいわ」

そう言って、私とテトはその場で待つ。

そして、退室した受付嬢がこの個室に一人の男性を連れて戻ってきた。

「お前らか、何やらおかしなこと始めようってやつらは」

低く響く声と鍛え上げられた体、魔力を纏って【身体強化】を発動させ、魔力を放出して威圧してくるので、逆に私も魔力を全開にして威圧し返す。

それはテトも同じで、むしろテトの方が表情を落として全方位に魔力を放出していた。

私、テト、ギルドマスターの上位者三人の威圧に受付嬢と買取カウンターの職員が、ガチガチと歯を鳴らして震えているので、三人で示し合わせたように威圧を解く。

「悪いな、試すような真似をして。CランクがAランクの魔石を持ってきたって言うから試させてもらった」

「趣味が悪いわね。それとその魔石は、私の家の家宝で私たちがその魔物を討伐したわけじゃないから」

　実際には、一年前に私が倒したウォーター・ヒュドラの魔石だけど、相手には真偽は分からないだろう。

「それで、便宜を図れってことだが、詳しい内容を話してもらえるか？」

「ええ。縁のできた孤児院の救済のために、子どもたちにポーションの調合を教えて自立を促そうと思うの」

「そいつは、酔狂なことだな。そもそも、【調合】には才能が必要だろ」

【調合】の才能とは、ポーションを作る才能ではなく、正確には物に魔力を込める力だ。

魔法使いのように魔力で現象を引き起こすのではなく、薬草という触媒の効果を魔力で高めて、ポーションの形に変える才能だ。

またポーションに魔力を与えるために、ある程度の魔力量も必要になる。

「【調合】が覚えられなかったら、孤児院の救済とやらもできんぞ」

「いえ、絶対に覚えるわ」

「……そんなに言うってことは、才能があるやつがいたのか」

そう納得するギルドマスターだが、残念ながら才能があるなしはまだ見てない。

だが最悪、誰一人として適性のある子がいなくても【創造魔法】で【調合】のスキルオーブを創ってスキルを付与して、食べ物に【不思議な木の実】を混ぜて魔力量を増やして、最低限の下地は整えることもできる。

「ギルドとしては、できたポーションは誰が作ろうが買い取るつもりだ。ただ、孤児院のために高く買い取れって要求は受けないし、あんたの言う要求ってのは違うんだろう？」

私とテトが威圧し返したからなのか、目の前のギルドマスターは、こちらを対等な相手のように扱ってくれる。

「私からの要求は、子どもたちの安全よ」

「安全だぁ？」

「そう安全。今までは、子どもたちだけで町の外に薬草採取の依頼に出てた。それが調合してポーションを作れるようになれば、子どもたちの価値が跳ね上がる」

誘拐されてポーションを作らせるために監禁されることだってあり得る。

または、子どもの本当の親だと言って迎えたり、里親として子どもを引き取ろうとするだろう。

「そうして孤児院から引き離された子どもの安全を守ることができない。だから、ギルドや衛兵たちが連携して子どもたちを守って欲しいの。それに孤児院一つを救済しても意味はない。他の孤児院も救えるような、そんなモデルケースを作りたいの」

「お前……子どもの姿をしたババァとかじゃねぇよな……」

「むぅ、こんな可愛い魔女様をお年寄り扱いするのは、酷いのです！」

ギルドマスターがかなり訝《いぶか》しげにこちらを見るが、それを今まで黙っていたテトが唇を尖らせて反論する。

まぁ、ギルドマスターの気持ちも分かるし、その理由は私の容姿と語っている内容の差だろう。

それに前世の記憶は欠落しているが、相応の年齢で死んでいた場合には、案外お年寄りに近い精神年齢も間違ってないかもしれない。

それに今世では、魔力量が増えて【遅老《ちろう》】スキルを獲得したので、そのうち実年齢と外見のギャップがドンドンと大きくなるだろう。

そんなことを考えていると、ギルドマスターが腕を組んで唸《うな》り声を上げる。

「子どもたちを守る、って孤児院の子どもたちに常に護衛を貼り付けろってことか？　無理だぞ。いつまで続ける気だ」

守ると聞いて、安直に護衛のことを口に出すギルドマスターに対して私は、首を横に振る。

「そういうことじゃないわ。信頼できる冒険者が先導して、正しい薬草の採取方法を教えるとか、それとなく気に掛けて友好的に話し掛けてくれる。そういう大人の目があれば、馬鹿をする人の抑止力にもなるし、攫《さら》われても相手を特定できれば、すぐに治安維持の名目で衛兵に救出してもらえる」

「確かに、それも守ることになるよな」

「それと、いずれ孤児院から子どもたちが卒業して、調合師として自立するようになった時、薬草需要が高まって町の外の薬草だけじゃ足りなくなる。そうなったら、ダンジョンの1階層か2階層辺りの薬草に手を伸ばさなきゃいけなくなる」

ダンジョンの平原階層からでも薬草を採取でき、またダンジョンだからか再生も早い。

ダンジョンには、Dランク以上の冒険者しか入れない。

だが、限定的に1、2階層までは、大人の指導の下なら子どもたちもダンジョンに入れるようにしたい。

ダンジョンで薬草を採取すると共に、魔物も退治してレベルアップさせれば、調合に必要な魔力量を増やすことができる。

それに、これから本格的な冬になると町の外にも雪が積もって、薬草採取の効率が大幅に落ちる。

それを見越して、ダンジョン内からの薬草採取もできるようにしたい。

「他にも、ギルドとして、孤児院がポーションを作って自立できるようになったからって、孤児院への費用を減らさないで欲しいことを領主様に伝えて」

「そりゃどうしてだ？　孤児院が自立したんなら、その金は要らねぇだろ？」

「万が一に、孤児院に伝えた調合技術が途絶えたら？　その間、無収入になるわ。それに、孤児院は自立しているって噂を聞いて、遠方からも子どもを捨てに来る人が来たら、孤児院はどうなると思う？」

予備資金がないと、すぐに破綻してしまう。

それに、いつかは孤児院の建て直しや増設も必要だろうし、問題を考えたら、本当にお金など際限なく必要になる。

「他にも考え出したら問題が……」

「ま、待て待て！　嬢ちゃんの言いたいことは大体分かった。ってか、そんな未来の心配事に頭を悩ませるってお前、貴族に仕える文官か！」

ありとあらゆる可能性から子どもたちを守る方法を考え始めたら、危うく私と対峙《たいじ》したヒュドラのような魔物が襲ってきても逃げられるように地下シェルターを作ろう、などと思考がトリップし掛けたところでギルドマスターに止められる。

「とりあえず、話は分かった。ギルドとしても協力するし、領主様にもお前の懸念《けねん》を伝える」

「ええ、お願いね」

無論、調合を教えるが、それでお金に余裕ができたら子どもたちに料理を教えて、屋台なんかでクッキーを売って商売の基本なんかを教えてもいいだろう。

それか負傷した引退冒険者を招いて冒険者の講習を教えるなど、孤児院を子どもたちの職業訓練施設にして、調合一本だけではなく、複数の技能を教えて自立を促すのもいいかもしれない、などと考える。

「それにしても、お前何でそんなに孤児を気に掛けるんだ」

「私も親はいないし、気になったんだから仕方ないわよ」

そう言うと、妙な沈黙がギルドの一室に落ちる。

女神によって転生させられて、この世界に来たものだから親というものは存在しないし、私の良心からお節介を焼きたくなったのだ。

それに私には、運良く【創造魔法】のスキルがあって生き延びられた。

だから子どもたちにも、生きる術を与えてもいいと思ったのだ。

「とりあえず、こっちもその提案をして、教会のパウロ神父と領主様で話を詰めてみる。それに他のギルドとの調整もやる」

「話を聞いてくれてありがとう。その魔石は、そのままギルドにあげるわ」

「気前が良すぎるだろ。返せって言われても返さないからな」

そうして私たちは、ギルドから出ると、遅れてダンジョンに潜った。

今日は、適当に薬草採取という気分だったが、予定を変更して21階層に行く。

そして、20階層に戻ってゲートキーパーのランドドラゴンに雷魔法の《サンダー・ボルト》を降らせ、テトが手足を切り落として倒した。

ランドドラゴンのドロップである魔石と亜竜の皮を手に入れた私たちは、それを持ってギルドに換金しに戻る。

昼頃にはAランク級の魔石を持ってきたのに、今度はBランクのランドドラゴンの魔石を狩ってきたのかと受付嬢に呆れたような目で見られた。

だが、これからやろうとしていることを考えれば、先立つものが必要なのでそれらを納品し、小金貨8枚を受け取るのだった。

18話【孤児院救済】

私は、孤児院救済を決めた時から自重するのを止めた。

そして一週間――

毎日、テトと一緒にダンジョンの21階層に転移して、20階層に戻ってランドドラゴンを倒し、そのドロップアイテムを換金する。

私とテトの生活費は手元に銀貨10枚もあればいいので、大体が孤児院に必要な食料と生活雑貨、これから調合を教えるのに必要な道具を購入し、それらをテトと一緒に持って教会に向かった。

「テト様、チセ様。ようこそ、いらっしゃいました」

「神父様、こんにちは。これが今日の分です」

そう言って神父様に必要なものを渡して、孤児院の話を聞く。

「領主様から孤児たちがポーションを作って販売することに関しては問題無く、安定して作り出すことができれば、子どもたちの安全対策を取ってくださるそうです」

ギルドマスター経由での話し合いが終わったようだ。

これで調合技術を覚えた子どもたちを、守れるだけの環境が整ったことになる。

「そう、良かったわ。早速、教えたいのだけれど、いいかしら」

「はい。本日からよろしくお願いします」

私は、テトを連れて孤児院の方に向かった。

そして、待っていたのはダン少年と歳《とし》が近いか、少し上の少年少女たちだった。

「ダン少年。約束通り、調合を教えに来たわ」

「ホントかよ……神父様に集まるように、って言われたけど……」

未だに半信半疑の孤児院の子どもたち。

まぁ、自分と同年代くらいの女の子から調合を教わる、と言われても疑う気持ちが大きいのだろう。

私は、孤児院の台所を借りて、ポーション作りを実演しようとするが……

「竈《かまど》が割れてる。それに、薪がないわね」

「その……薪代も馬鹿にならないし、近くに森がないから拾いに行けないんだ」

ダンジョン都市の周囲は平原に囲まれ、近くに森林がない。

そのためダンジョン都市の薪は、ダンジョンの11階層以降の森林階層に依存している。

引退したDランク冒険者たちが木樵《きこり》として、ダンジョンの木々を伐採して持ち帰り、薪にしている
というのが、ダンジョン都市での燃料事情らしい。

「そうね。今日は私の手持ちの薪を使うわ。次も私が薪を多く持ってくるから心配しないで」

マジックバッグに貯めてある野営用の薪の束を取り出し、ポーション作りを一から教えていく。

一般的な薬草を取り出し、水で汚れを落とす。枯れた部位などをナイフで切り落とし、葉っぱの部分を細かく刻んでお湯に入れる。

そして、薬草10本分でポーション1本作れる。

その際の水の分量は、各調合師の勘や目分量とされている。

だが私は、開拓村で【調合】を学んだ頃、【創造魔法】で創り出した計量カップでポーション作りに最適な分量を調べた。

「それじゃあ、薬草10本に対して、このカップの２００の目盛りまでね。それと加熱する時に、湯気で減る分も考えると追加で１００の目盛りね。２本分以上を作る時は、それよりも蒸発する分が少ないけど……まぁ今は1本ずつ作りましょう」

それぞれ小鍋で薬草を煮立て、沸騰させすぎないように掻き混ぜる。

「鍋を混ぜる時に、自分の魔力を木べらに通して、鍋の液体に魔力を付与するの。傷が早く治るように、良くなるようにって願いながら」

私が実演すると鍋の中の薬草から薬効成分が滲《し》み出し、魔力と結合して薄緑色に輝く。

ポーションの薬草の鮮度と魔力を込める質によって、ポーションの回復量は変わる。

私の場合は、鮮度がいい薬草の煮汁に豊富な魔力を限界まで送り込むので、一般的な下級のポーションでも中級であるハイポーションに近い回復量になる。

余談であるが、世の中にある複雑な魔法薬の中には、今の私以上の魔力量を持つ宮廷魔術師クラスの人間が何日も掛けて魔力を送り続けて作る物もある。

余談はさておき、完成したポーションの入った鍋を竈から降ろし、濾《こ》し布で葉っぱを濾し取り、冷ましてポーション瓶に詰め替えて、出来上がったポーションを見せる。

「この中で怪我してる子は……いたわね。ほら、使ってみなさい」

子ども同士で走り回って転んだ時、膝を擦《す》り剥いたり、家事で手先が荒れている子がいた。

そんな子たちにポーションを使わせて、その効果を実感させる。

「すげぇ、ホントにポーションができた」

「さぁ、あなたたちも順番にやりなさい」

実演の後は、実際にやらせてみる。

子どもたちは、神父様が生活魔法を教えているために、魔力操作ができていた。

だが、子どもたちの魔力量が少ないために鍋の中の薬草の煮汁が鈍く光ったり、光が明滅を繰り返し、上手くポーションに魔力を付与できない。

そして完成したポーションは、七割以上が失敗で、成功しても最低品質のポーションに全員が落胆して肩を落とす。

「みんな、初めてにしては上手いと思うわ。それで、何でポーションを1本分ずつ作るか分かった？」

「うん、魔力って結構使うんだね」

全員を鑑定のモノクルで見たら大体魔力量は、１００から２００で、ポーションを作れる魔力量としては、中品質までなら上手くいけば、といった所だろう。

だから、２本や３本など纏めて作るには、子どもたちの魔力量が足りないのだ。

「今は魔力量が少ないから１本ずつ確実に作る。そして、鍋の中に安定して魔力を送り続けるのが一番の上達の方法よ」

確かに今回は失敗が多かったが、魔力を付与するセンスがある子は何人かいた。

これから成長に伴っての魔力量の増加やポーション作りに慣れて、魔力消費が抑えられるかもしれない。

「チセの姉ちゃん！　もっとポーションの練習をさせてくれ！」

「私ももっと練習したい」「俺も！」「私だって！」

ダン少年を皮切りに子どもたちが次々とやる気を見せるが――

「ダメよ」

「どうして⁉」

「ポーション作りには、魔力が必要だけど、あなたたち全員の魔力が残り少ないわ。だから、魔力が回復するまで座学よ」

そう言って、目の前の少年少女たちに調合で作れる薬の種類やその素材と調合法。

そして、値段などを教えたり、文字の読み書き、計算などの基本、魔力を一定に流す方法などを教えていく。

ただ――

「兄ちゃん、姉ちゃん……」

「あー、こらこら。今、俺たちは、ポーション作りを教えてもらってるところだから入ってきたらダメだぞ!」

孤児院には、ダン少年のような年長者たち以外にも沢山の小さな子どもたちがいる。

「テト、子守りをお願いね」

「分かったのです。みんな、テトと遊ぶのです!」

若干精神年齢が幼いテトは、すぐに子どもたちと打ち解けて孤児院の裏手で遊び始める。

最初は、孤児院の庭でテトが【土魔法】で粘土を作り出して遊んでいた。

途中で、子どもたちが孤児院の建物の罅割《ひびわ》れや隙間をテトに教えると、テトはすぐに【土魔法】で直していく。

その光景を面白がった子どもたちがテトの手を引いて、次々に罅割れや隙間を教えて直る光景にキャッキャと楽しそうな笑い声が建物内に響いてくる。

「さて……そろそろお昼ね。昼食の準備をしましょう」

一方、ポーションを教える私は、子どもたちの集中力の限界を感じてお昼の準備を理由に座学を切り上げる。

「ぷはぁ～、チセ姉ぇ。スパルタだぜ」

慣れない勉強に脱力するダン少年の言葉に、他の子どもたちが同意するように頷《うなず》く。

それと同時に、『チセ姉ぇ』という呼び方が他の子どもたちにも定着したのだった。

それと、スパルタと言われたが、自分でも結構詰め込んでいる自覚はある。

だけど、ポーション作りで覚える【魔力制御】スキルを応用すれば、冒険者になった時でも有用だ。

例えば、【身体強化】を使う時の魔力消費量を抑えることができる。

他にも、目に魔力を集中させれば、薬草などの魔力を含む素材を見つけやすくなる。

そうした技能は、彼らが今より豊かな生活を送るためには必要な物だと思う。

今は理解できなくても頭の片隅にでも置いておいて欲しい。

そして、お昼には——

『『『おいしー（なのです）！』』』

私たちが作ったお昼ご飯を食べた子どもたちから声が上がり、そこにテトの声も交じっている。

「そう、美味しいのね。お替わりもあるからゆっくり食べなさい」

20階層のランドドラゴンを倒したついでに、他にも何体かの魔物を倒して手に入れた魔物食材を使ってお昼ご飯を作ったのだ。

大きい子が小さい子の面倒を見ながら食べる孤児院の食事風景は、とても楽しそうである。

「テト。私は、神父様にお昼ご飯を持っていくから、みんなの面倒をお願いね」

「分かったのです！　みんな好き嫌いはいけないのです！　全部、美味しくできているのですよ！」

私は、お盆にパンとスープとおかずのお肉と野菜炒めなどを載せて、教会にいる神父様に運んでいく。


「失礼します。神父様、お昼ご飯です」

「おお、チセ様。わざわざ、すみません」

私が教会の方にお昼ご飯を運ぶと、何やら作業していた神父様は、手を止めて昼食を受け取る。

「おや、今日の食事は、ずいぶん豪勢ですね」

「私の手持ちの魔物の肉などを出しましたが……差し出がましかったでしょうか？」

「いえ、ありがたいことです。時折、孤児院出身の冒険者たちが魔物食材を寄付してくれるのですが、
私も子どもたちも料理があまり上手くないのでね。同じ食材で作る料理でも違って見えるのですよ」

お世辞と共に孤児院らしい冗談を言う神父様は、小さく祈り、食べ始める。

「チセ様のお陰で孤児院に少し光明が見えました」

食べていた手を止めた神父様の話に耳を傾ける。

「子どもたちが孤児院を出た後も自立できるならば、子どもたちの将来に希望が持てます」

「そうですか。……けれど、あまり期待はしすぎないでください。私は冒険者だから、いつか別の場

所に移動します。この支援も一過性の物に過ぎません」

「ええ、分かっています。ですが、それでも感謝しないと」

神父様も分かっているのだろう。

子どもたちによるポーションの販売は、軌道に乗ったところで、それはいつまでも続くものじゃない。

ちゃんと維持しようと努力しなければ、すぐに崩れてしまうものである。

それが一年後か、五年後か、十年後か……はたまたもっと先か。

それでも孤児院救済をやらずにはいられなかったのは、私の性分なのかもしれない。

「それじゃあ、私は子どもたちの方に行きます」

「はい、私の方は冒険者ギルドや調合ギルド、領主様と話をしてきます」

食べ終えた食器を持って退室しようとする私に、神父様から言葉が投げかけられる。

「あなたは不思議な人です。外見は孤児院の子どもたちと変わらないのに、その心と振る舞いは、私とあまり変わらない成熟した大人のようにも感じます」

「……そう、ただ生まれが特殊なだけですよ」

「私は、どうすれば、この恩をチセ様に返せるのでしょうか？」

若干泣きだしそうな、それとも困ったような表情の神父様。

彼から恩を貰わないのは簡単だ。

だが、それはずっと彼の心に残り続けてしまうだろう。

だから——

「それなら、教会の使う魔法を教えて欲しいです。私は、魔法が好きな魔女だから」

「なら、教会の神聖魔法の魔法書の用意をしておきましょうか」

「それは、とても期待できそうですね」

そう言った私は、食事を終えた神父様の食器を持って退室するのだった。

19話【二ヶ月の成果】

このダンジョン都市に来て、早二ヶ月が経つ。

毎日【不思議な木の実】を食べて、ダンジョンの20階層にいるランドドラゴンに雷を降らせて倒していたので、魔力量が18000の大台を超えた。

そして、倒したランドドラゴンの素材をギルドで換金する日々が続いていた。

「毎日、小金貨8枚か。値下がりしないのはありがたいわね」

20階層のゲートキーパーであるランドドラゴンは、金策の獲物としては最適とは言えない。

Dランクでは討伐はほぼ不可能で、Cランク冒険者のパーティーなら準備や対策を整えて、運が良ければ勝てる。

Bランク以上の冒険者パーティーなら、私たちと同じように狩れるだろうが、6人フルメンバーで挑むために一人当たりの利益が少なくなる。

それなら強敵に挑むより、21階層以降の魔物を倒した方が資金効率が良い。

唯一、私たちと同じように効率的に狩れるだろうアルサスさん率いるAランクパーティー【暁の剣】は、ダンジョン24階層の攻略を優先しているそうだ。

「チセさん、テトさん。今度試験を受けてください！」

「試験？　それって何の？」

「Bランクに上がる昇格試験ですよ！　二人だけで毎日ランドドラゴンを狩って来るCランク冒険者なんておかしいですよ！　ギルマスも許可出していますから！」

「あー、はいはい。また余裕があったらね。今は暇じゃないから」

ギルドの受付嬢から、いつでもBランク昇格の試験を受けていいと言われた。

私とテトは、以前ダリルの町でオーガの集団を倒した功績で、特例でCランクまで上げて貰える話があったが、テトのワガママでDランクに落ち着いた。

それでもこの町に辿り着くまでの間、色々な依頼を受けて、Cランクに上がる条件を満たした時、ダリルの町のギルドマスターの計らいで自動的にCランクに上がるようにしてもらっていた。

そして今度は、冒険者として初めての試験であるBランク昇格試験を受けるように言われた。

まぁ、そんなこんなで今、忙しい私たちは――

「さぁ、今日もポーション作りの練習よ！」

『『『――はい！』』』

調合を学ぶ子どもたちは、最初の半分くらいになっていた。

ここにいない残り半分の子どもたちは、【調合】を諦めたのではなく、魔力などを目に集中させての薬草採取に特化した能力を見せたのだ。

そうした子たちは、雪の積もった冬場では薬草採取が厳しいために、ギルドマスターから特例でダンジョンの1、2階層の探索の権利を貰い、テトが同行して他の子と一緒に薬草採取をしている。

「それじゃあ、行くわよ」

私が孤児院から子どもたちを連れ出して向かった先は、孤児院の隣の建物だ。

私たちは、ランドドラゴンの素材を納品して手に入れたお金で孤児院の隣の建物を買い取り、そこにポーション作りの施設を用意したのだ。

また、他にも――

「チセ姉ぇ！　木工所からオガクズや木の枝を貰って来たよ！」

「ありがとう。それじゃあ、今日も始めましょう」

このダンジョン都市の木材は、主に11階層以降の森林階層から伐採される木々で賄われている。

ダンジョンから運び出される潤沢な木材は、払われる枝葉やオガクズ、端材などが毎日大量に生まれ、ダンジョンに捨てられる。

ゴミなどはダンジョンが吸収するので、かなりエコな循環型都市となっているが、その捨てられる素材を、孤児院のために使うことにした。

「それじゃあ、紙作りもそっちで始めてね！」

『『『――はーい！』』』


そうしたゴミとしての廃棄木材を集めて、大鍋で煮溶かして、紙の原料にしようと考えたのだ。

地球では、薬品で煮詰めてドロドロに溶かす必要があるが、そこは異世界だ。

グリーン・スライムの核を原料とした、植物繊維だけをドロドロに溶かす魔法薬があるので、調合を覚えた子どもたちにも作らせ、その魔法薬を使って木の繊維を溶かす。

ちなみにグリーン・スライムは、薬草採取に連れて行ったダンジョン１、２階層の平原エリアに頻繁に出現するために集めやすい。

そして解れた木の繊維を水で洗い流し、今度は小麦を水で溶いて加熱して作ったノリと混ぜて、メッシュの入った木枠に均一になるように木の繊維を流し込んで、それを木の板に張って乾かす。

既に数百枚の紙ができ、それらは冒険者ギルドや領主様、教会本部の方にサンプルとして送っている。

特に製紙事業の展開によって神父様は、教会本部から本格的な支援を取り付けることができた。

今まで高価だった聖書が安価で作成できるために、信仰を広めやすくなる利点がある。

そして、子どもたちにこの紙を使って聖書を複写させることで、子どもたちの文字の習熟と聖書の増産が可能になる。

また、商業ギルドからも生産した紙を売って欲しいという話が来ているそうだ。

それに子どもたちの調合技術の習得も順調であり、現在では町に売られている一般的なポーション程度なら作れるようになった。

できたポーションは、冒険者ギルドで一本銀貨1枚と大銅貨5枚で買い取りしてもらっている。

本来のポーションの買取価格は銀貨2枚であるが、何か問題が起こった時に孤児院の子どもたちを守ってもらえるように、その値段でギルドに提供することになった。

それでも、自分たちが集めた薬草をただ納品して大銅貨2枚だったのが、7倍以上になったので子どもたちは大喜びである。

「チセ姉ぇ！　俺、昨日【調合】スキルがレベル2になってたぜ！」

最初に私に話しかけてきたダン少年は、真面目に調合技術を学び、しっかりとスキルという形で結果に現れたことを報告してくる。

「おめでとう。そろそろ私の手を離れてもいい頃ね」

「チセ姉ぇ？」

「それじゃあ、調合に関わっている子ども全員、集合！」

私がそう呼ぶと、子どもたちが集まってくる。

「これは、あなたたちが作った紙から私が作った本よ。まぁ不格好だけど許してね」

マジックバッグから取り出したのは、十冊の本だ。

私が編纂して、テトが複写し、穴を開けて糸を通しただけの不格好な本である。

「これは、あなたたちに教えた【調合】の基本的なこととその応用、そして一般的なレシピが書かれているわ」

「えっ、ええっ？　これって……」

「自立支援の目的は、達成されたわ。あとはその本を読みながら試行錯誤すれば、大体の薬は作れるし、その本を教本にあなたたちが他の子に調合を教えれば、調合スキルを覚えられると思うわ。だから、頑張りなさい。私は冒険者稼業に戻るわ」

そう言うと、子どもたちは、もっと教わりたい、行っちゃ嫌～！　と泣き出して、私に抱き付いてくる。

そんな子どもたちを私は、【身体強化】を使って受け止め、ここ二ヶ月で随分と懐かれてしまったと苦笑を浮かべる。

「こらこら、チセ様に迷惑掛けてはいけませんよ」

『『神父様……』』

「それにチセ様は、冒険者稼業に戻るだけでもうこの孤児院に来ないわけではありませんよね」

「ええ、次の場所に旅立つまでは、時々来るわ」

そう言って、一人一人子どもたちの頭を撫でて落ち着かせる。

まぁ、中には成長期で頭に手の届かない背の高い子もいたが、そう言う子には肩や腕を撫でる。

「私は、チセ様と大事なお話がありますので、教会の方にお連れしなければなりません。みなさんは、きちんとチセ様の教えを守るのですよ」

『『――はーい！』』

神父様の言葉に、私に抱き付いていた子どもたちがゆっくりと離れる。

そして、神父様によって連れ出された私は、教会の一室――以前の装飾品の呪いを解いた場所まで案内され、神父様と向かい合うように座る。

「それでは、この件を済ませましょう」

「はい、それでは始めましょうか」

私は、マジックバッグから孤児院隣のポーション生産と製紙施設の土地と建物の権利書を取り出し、神父様は一冊の装丁が豪華な本と契約書を取り出す。

長々と書かれているが、大まかな内容としては――

・私が私財を投じて作った調合工房と製紙施設を教会に譲渡《じょうと》し、孤児たちの自立支援に役立てる。

・代わりに、そのお礼として教会が保有する魔法書を譲渡する。

そういった内容が書かれている。

私は、軽くその内容を流し読みして、ペンを手に取って自分の名前を記入する。

そして、神父様――パウロ……元は貴族か、洗礼名か、とにかく長い名前を神父様は記入して、契約は完了した。

二ヶ月で孤児院の自立支援のために、冒険者ギルドや領主様も全力で協力してくれた。

何より今までできなかった自立支援の制度に必要な初期投資を私とテトが寄付。もしくは魔法の力でゴリ押しして完成させた。

そして、完成した施設を教会に譲渡して、教会からのお礼として教会が主に使う神聖魔法書を受け取ったのだ。

「その魔法書は、この世に女神様が降り立ち、行使した奇跡の模倣《もほう》と言われています。まぁ私が使えるのは、その前半部分ですがね」

「ありがとうございます。大事に読ませて貰います」

「その本は、五大神教会でも一定の地位がある人しか持つことが許されません。ですが、今回の件でチセ様には、十分にその資格があると言えます。教会に在籍したならば、きっと【聖女】の称号が与えられるでしょう」

こんなフードを目深に被った怪しい少女の魔女を【聖女】とは、と苦笑を浮かべてしまう。

「私は、魔女なんですけどね」

「いいえ、あなたは紛れもない在野に存在する聖人ですよ」

神父様が穏やかな微笑みを浮かべたが、この件はこれで終わりだ。

「それでは、私はテトのところに行ってきます。そろそろお昼の時間なので」

「お昼ご飯ですね。楽しみにしていますよ」

私はそう言って、子どもたちのためにお昼ご飯を作りに行く。

お昼頃には、テトがダンジョンに連れて行った子どもたちも帰ってきて、孤児院の食卓は一気に賑やかになった。

無邪気な子どもたちと過ごすのは、個人的に心が癒やされるから好きな時間である。

20話【パウロ神父の独白】

SIDE：パウロ神父

私がこの町に辿り着くまで、色々なことがあった。

私は、貴族の子どもとして生まれ、高貴な血筋の者の義務として教会に幼い頃から入れられた。

まぁ、高貴な者の義務と言えば聞こえはいいが、五男坊の体のいい厄介払いだ。

だが、私は運のいいことに魔法を使えるという才能があった。

そこで五大神教会の女神・リリエル様を祀る教会に入り、【神聖魔法】を学び、人々を癒やし、災いを退け、呪いを解き、この世を管理する五人の神々の信仰に邁進《まいしん》した。

五大神教会とは、創世神話から始まり、創造神が九つの大陸を生み出し、それぞれの大陸に神々を生み出して、人々を導いた、とされる。

そして、我々の大陸には、ラリエル様、リリエル様、ルリエル様、レリエル様、ロリエル様の五人の女神様が私たちを見守ってくださる。

その五人の女神の教えを守り、祀《まつ》るのが五大神教会である。

創世神話は古い神話であり、五大神たちの逸話が私たちのよく知る教会の神話となっている。

２０００年前の大災厄以前の人々は、九つの大陸を行き来できたと言われているが、現在では他の大陸に移動する航海技術は存在しない。

ただ、時折沿岸部に他の大陸から流れ着いたと思しき漂流物が打ち上げられたりするので、他の大陸の存在は認められているが、未知の世界と言えよう……閑話休題。

若い頃は、そんな五大神教会の未来の枢機卿《すうききょう》などと持て囃《はや》されたが、他の者たちに妬まれ、疎まれ、ついにはダンジョンを擁するこの都市に送られ、教会の上の地位を目指すことを諦めることになった。

だが、そこは私の真の信仰が試される時だった。

この都市の教会と孤児院の管理者として、時には領主様と話をし、安息日には教会に集まる人々に対して、神や聖人たちの教えを説き、親を失った子どもたちの安寧《あんねい》のために日々奔走する。

私ならやれる。そう信じて動くが早くも挫折し、妥協し、それでも子どもたちにひもじい思いをさせまいと働いた。

時には、女神の力を借りたいと、教会の一室で祈りを捧げたこともある。

それでも日々変わらず、だが、何人かの才能ある子どもたちには、私の学んだ【神聖魔法】を教えて、孤児院から送り出した。

各地の小さな教会で神父をする者もいれば、怪我をした人に対して癒やしを与えたり、冒険者となる者もいた。

それ以外にも、何も与えられずに送り出した子どもたちも人との繋がりに恵まれ、職に恵まれ、生活の糧を得て、僅かばかりでも恩返しとして教会に寄付を送ってくれる。

それでも足りない現状と徐々に衰《おとろ》える体に、このまま次代に任せようとすら思った頃、その人物が現れた。

ローブを纏った黒目黒髪の魔法使いの少女・チセ様と、小麦色の肌をした快活そうな少女・テト様の二人組の冒険者だ。

魔法使いの少女――チセ様の方が主体となって話をするが、中々に落ち着いた物言いに、ふと私と同年代のような安心感すら覚えた。

孤児院の子どもたちと、それほど変わらない年頃だと思うのに、だ。

そして、持ち込まれた呪いの装飾品を浄化して、寄付を頂く。

このお金で、しばらくは孤児たちにいい物を食べさせられる。

内心そう思っていると、私が世話をしている孤児の一人であるダンが、ダンジョンに連れて行ってくれとチセ様たちに頼み込む。

私が不甲斐ないばかりに、小さな子どもたちも町の近くへ薬草を取りに行く。

だが、魔物が現れるダンジョンは見過ごせない。

まだ子どもの彼らには、身を守る術はないのだ。

そして、私に叱られたダンは走り去ってしまう。

それを見たチセ様は、更に孤児院のためにお金と食料を寄付してくださった。

ただ呪われた装備の浄化のために来たのに、孤児院の現状を聞いたからだろう、ありがたいと思う。

それからは驚きの日々だった。

翌日チセ様たちが来たかと思えば、ダンジョンに行こうとするダンを送り返してくださり、子どもたちにポーションの作り方を教えると言うのだ。

また、孤児たちの自立支援のために孤児院でお金を稼ぐ方法やそのための道具などを、私財を投じて用意してくださった。

冒険者ギルドや領主様を巻き込み、一つの大きな枠組みとして孤児たちの自立支援が誕生したのだ。

特に、冒険者ギルドのギルドマスターは、孤児院出身の冒険者が身近にいるためか孤児院の内情にも通じており、孤児院のことを考えた提案をなさってくださった。

そして、領主様も我らの話を聞き、問題点を文官たちが考えて、実行する。

怪我人の治療の関係でギルドマスターと話をすることがあるのだが、孤児院のことを考えた提案をしてくださったために、お礼を言おうとしたら――

「あの嬢ちゃんに言われたんだよ。孤児院がポーションを作れるようになっても孤児院への寄付を減らさないように、って。万が一、調合技術が途絶えて無収入になったら困るってな」

だが、それだと孤児院の横領とかも問題になるから、定期的に子どもたちの様子を見る名目で孤児院の監査が入るけど、気分を悪くしないでくれ、とも言われた。

その後、領主様たちとの間で、孤児院への寄付の扱いについて様々な話し合いが行われた。

教会の神父である私は孤児院のことだけを考えれば、今まで通りに寄付して頂きたいが、寄付の大本は領民からの税であり有限である。

文官としては、余剰資金が生まれたならば、その分の予算は削減して他の孤児院や貧しい庶民のための施策に割り当てるべきであると主張される。

領主様の思惑としては、孤児院への寄付を減らしたい。だが、完全に孤児院が独立してしまうと、寄付による繋がりが途切れ、将来有望な人材を雇用する機会が減る可能性もある。

ギルドマスターとしては、安定したポーション生産の調合師が増えることを望んでおり、また孤児院は冒険者の子どもたちの受け皿にもなるので、是非とも孤児院は安定していてほしい。

初回の話し合いでは、全ては決着せずに持ち帰りとなり、そのことをチセ様にも報告した。

「……そうね。孤児院だけを優先には、できないよね」

「チセ様、申し訳ありません。折角、この件を任せて頂いたのにこのような結果に……」

「そもそも私の考えが孤児院を第一に考えすぎていたわ。もう少し、広い視野で考えないと」

「いえ、チセ様。普通は、そのような神の視点で俯瞰《ふかん》して考えることは難しいのですが……」

私はそう言うが、チセ様はどうしたら孤児院だけでなく町全体もより良くなるのか、二人で語り合う。

その内容を次回の領主様たちとの話し合いに持ち込み、何度も何度も話し合いを続ける中、互いの妥協点を探った。

最終的に、段階的に教会の孤児院への寄付は削減されるが寄付は継続され、領主が主導で担っていた街の清掃活動の一部を孤児院が負担することになった。

他にも細々とした調整などで細部は違うが、ほとんどがチセ様の思惑通りに進んだのだ。

あの少女は、どれほど先を見ているのだろうか。

そして、ダンジョン都市ならではの廃棄される木材を使った製紙事業も短時間で作り上げ、利益を上げる見通しを立てた。

その才気は、女神・リリエル様が孤児たちを救うために遣わせた神の子なのでは、という考えが過るほどだ。

「神父様。これで子どもたちが作った紙で聖書を作れば、女神の信仰を広めやすくなるわね。これで教会の上の方から支援を引っ張りやすくなるし、他の町に孤児院と調合と製紙施設をセットで建てるモデルケースができた」

「チセ様、あなたは……」

「——ってのは建前よ。これで子どもたちに文字の読み書きを教えやすくなった。この町は木材がダンジョンから採れるから、紙に書く炭も不足しない」

「折角、利益を上げている紙を子どもたちにも使わせていただけるんですか？」

「ええ。子どもたちが孤児院を卒業しても生きていける読み、書き、計算。それと技術を教えるのが第一。利益は二の次よ。それに子どもたちがお金を稼ぐから、神父様は今まで働いてた時間を減らして、聖書を写させるついでに、子どもたちに読み書きを教えられるわね」

そう言って、私に調合と製紙技術、文字の読み書きの教本を何冊か渡して、教会の方に送るように言ってきた。

どれもチセ様とテト様の手書きらしい。

余談であるが、この紙による勉強には、二つの話がある。

チセ様が残してくれた本は、改めて複写し、きちんとした装丁の本に作り替えられて、多くの教会で扱われる教本となった。

もう一つは、チセ様が子どもたちに紙を使わせることで、子どもたちから意外な才能を見つけた。

ある子は、絵を描くことから町の看板屋になり、またある子は精緻な絵から教会専属の宗教画家となり、今までに無い自立の道を歩むことができた。

子どもたちのために先を見据える力は、まるで未来を予知する魔女のようにも見え、その心根は人々を慈しむ聖女のようにも見え、褒め称えれば恥ずかしがる姿は年相応の少女のようにも見える。

そんな彼女の助けになれればと、私が教会から頂いた五大神たちの奇跡を模倣した【神聖魔法】の魔法書を渡した。

私は、この地に送られて日々の奔走で魔法の鍛錬を疎《おろそ》かにしていたが、きっと彼女なら役立ててくれるはずである。

21話【虚無の荒野と夢見の神託】

街に真冬の吹雪が吹き荒れる中、私とテトはアパートの部屋に引き籠もっていた。

後ろから抱き締めるテトに寄り掛かるようにベッドに腰を掛けた私は、神父様から譲り受けた魔法書を読んでいた。

「なるほど、【神聖魔法】には、こういう魔法があるのね」

私が使っている魔法は、魔力の性質を変化させて自然現象を再現する【原初魔法】と、前世の科学や医療知識、人体構造を元にした清潔化や回復魔法、【身体強化】。そして、創作物などのイメージを利用した【結界魔法】を中心に使っている。

それに対して教会の魔法は、教会が祀る五人の女神が使ったとされる奇跡を模倣《もほう》した魔法が多くある。

例えば――

純魔力による衝撃を与える――《マナブラスト》。

呪いや魔力生命体の魔力を分解して浄化する――《ピュリフィケーション》。

死者の魂と魔力との繋がりを断ち、正しい輪廻に送り出す――《ターンアンデッド》。

相手からの敵意や害意を判別・感知する――《センスエネミー》。

自身の魔力を他者に付与し【身体強化】を施す――《ブレス》などがある。

「無属性魔法は、本当に便利ね」

教会では【神聖魔法】と呼んでいるが、分類としては、純魔力を利用した無属性魔法に含まれるものが多い。

教会の魔法書を読み、一つずつ確認していけば、大体の魔法は習得できそうだ。

何より教会の魔法書は、かつて五大神やその聖人・聖者たちが使った魔法や奇跡を逸話付きで説明しているので、イメージ発動が重要な魔法にとって参考になった。

ただ、教会の信仰を布教させるための魔法書でもあるので、独特な言い回しや表現、回りくどい説明などが多く、そこに宗教的な側面を垣間見てしまう。

「……いけない。つい余計なことを考えてた」

「魔女様～、それ面白いのですか～」

「ええ、面白いわ。今度新しく覚えた魔法をテトにも見せてあげる」

「楽しみなのです～」

そうして本を読んでいくと、とある魔法に行き着く。

「あっ、これは結界魔法ね」

普段から野営などで使う《バリア》系統の魔法には、設定した場所に障壁を生み出し、空間を区切る魔法と書かれている。

敵からの攻撃を防ぐ他に、逆に他者を封じ込める封印としても転用できることが書かれていた。

普段何気なく使っている結界魔法だが、別視点からの解説をされるのは、面白い。

その中には、結界に纏わる逸話が書かれていた。

「これは――『大昔、大災害が引き起こされた後、五人の女神たちは、その地を大結界で封印し、人々の出入りを禁止した。その地は、人々が禁忌《きんき》を犯したために神罰が下り荒野となり、現在は――【虚無の荒野】と呼ばれている』――」

探していた【虚無の荒野】の記述を見つけ、次のページには、簡易的な地図が描かれていた。

「地図もあるのね」

教会の魔法書に描かれた地図は、縮尺も正確ではなく、イスチェア王国の王都が、このダンジョン都市アパネミスから遷都《せんと》する前の古い大陸地図だ。

おおよそ200年以上前に作られた内容なんだろう、と思いながら地図を見ていく。

各国の国境線や主要都市の名称は、戦争や魔境の拡大、開拓により変化しているが、大部分は変わっていないようだ。

そんな大陸地図の中央には、複数の国と国境線に接する空白地にそれがあった。

「――【虚無の荒野】、見つけた」

流石、大陸全土に根を張る五大神教会の魔法書だ。

地図としての地名などは大分古いが、それでも大まかな地理は間違っていない。

そして、このイスチェア王国の北の方に複数の国家が囲うような空白地があり、その地名には――

【虚無の荒野】と書かれていた。

「なるほどね。ここが【虚無の荒野】……って、うん？　この場所は」

縮尺の正確でない地図だが、どう見ても小国に匹敵する広さの空白地が広がっている。

だが、それよりも気になるのは――

「ここ、私が転生させられた場所じゃない？」

「そうなのですか？　それじゃあ、この辺りでテトが魔女様に作られたのです！」

イスチェア王国の北部の辺境の地名には、ダリルの町の名前があった。

私が転生させられた場所は、【虚無の荒野】の外縁近くだったようだ。

神々の結界が張られていたことには気付かなかったが、思えば、あの荒野と森の間には不自然なほど環境が激変していた。

あの当時は、まだ【身体強化】や目に魔力を集中させる【魔力感知】を習得していなかったので、今なら違う景色が見えるかもしれない。

「ふぅ、【虚無の荒野】の場所が分かった。けど、まさかあそこがねぇ」

確かに、疎らに雑草が生え、スライムがいるくらい。

本当に、価値のあるものなど何も無い荒れた大地だった。

私が読んだ旅行記の記述が古く、筆者の主観も大分交じっていただろうが、おおよそ違いはないだろう。

【虚無の荒野】の場所が分かったし、次は、その場所を手に入れるだけの名声とお金ね。もっと冒険者としての実績が欲しいな。やっぱり当面は、ダンジョンでお金稼ぎかな」

「そのためには、もっともっと魔物を倒して、魔女様と一緒にお金稼ぎするのです！」

テトに抱き締められた私は、そうね、と小さく笑い、教会の魔法書の続きを読む。

魔法書の後半の方には、かなり難易度の高い魔法が並ぶようになった。

特に、あるページには神父様が描いたメモが挟まれていた。

『私は、ここまでしか魔法を習得することができませんでした。ですが、まだお若いチセ様なら、修練の果てに辿り着き、多くの人を救ってくださるでしょう』

それと神父様の魔力量は、１５０００であることも書かれており、宮廷魔術師並ではないか、と思ってしまった。

「神父様の魔力量でもできない魔法かぁ……」

一定時間以内の死者蘇生、欠損部位の再生治療、神託、神威召喚などというまさに奇跡と言うべき魔法が並んでいる。

どれも魔力量が数万から十数万単位で必要な魔法だろう。

「死者蘇生や再生治療ができれば、便利だろうけど……」

首を動かし、私が寄り掛かっているテトを見上げる。

「どうしたのですか、魔女様？」

「いいえ、何でもないわ」

ゴーレムから進化したテトに人間の魔法は、意味が無いだろう。

心肺蘇生させるための心臓や脳などはなく、欠損部位は土石で補充ができる。

そもそも私自身に使う時は、相当なピンチの時だろう。

欠損部位の再生魔法など、使わないに越したことはない。

そうなると残るは、神託になるが――

「私を転生させた存在が女神・リリエルか、改めて確認したいなぁ」

私は、テトの腕から抜け出し、本を開いて神託を受ける魔法を準備する。

敬虔《けいけん》な信者にしか神託は授けられないと言うが、女神・リリエルの姿を直接見ているために、姿形のイメージは掴みやすい。

そのために、神託を受けるのは、大丈夫だろうと思ったが……

「何も起きない……」

「魔女様～、そんなことよりお腹空いたのです～」

「そうね。それじゃあ、お昼にしましょう」

そう言って、私たちは昼食を取り、午後も教会の魔法書を読みながらのんびりと過ごす。

夜には、発動しなかった神託の魔法など忘れて、テトの腕の中で眠りに就くのだった。


…………

……

…


私は、気付けば謎の空間に立っており、そこには見覚えのある美しい女性がいた。

「女神・リリエル？　あれ？　私はまた死んだの？」

『いえ、あなたは神託の魔法を使い、私との繋がりを得た。ならば、あの場で神託を下すよりも夢でお会いした方がいいと思ったの』

「そう……」

これは夢の中で、私はテトを残して死ななくて良かった、と安堵する。

もしテト一人を残したら、色々と心配になる。

『あなたの活躍は見ていました。それに孤児院に関しても感謝しています』

「見られていたのは、恥ずかしいわね。けど、神様が私に感謝を？」

神とはもっと傲慢だと思っていた私としては、感謝されるのは何とも釈然としない。

『あのパウロ神父には、私が加護を少しだけ与えているのです。彼の心労を取り除いてくれたことへの感謝を。それと私たち神々は、人々から捧げられる魔力と信仰心によって力を発揮します。あなたの行いが、私たち五大神の信仰心を高め、地上に対する干渉力を高める切っ掛けとなったのです』

「その高めた干渉力？　で、あなたたちは何をするの？　それと何で私を異世界に転生させたの？」

色々と疑問はあるし、こっちは記憶はあやふやだが、多神教でありつつ無宗教で有名な日本人としての自我が強い。

神の真意を知りたい。

『本来なら転生者たちには教えないのですが、【虚無の荒野】について知ったのなら、いいでしょう。一言で言えば、この世界は今、魔力が少ない状態なの』

「魔力が少ない？」

『この世界は、様々な生物がその身より魔力を発し、その魔力を別の生物が吸収して魔力が循環して成立しています。ですが、古代の魔法文明の暴走により魔力が枯渇して約２０００年。それによって魔力で支えられた文明が衰退し、上位魔物や幻獣たちが絶滅に瀕し、魔法使いの数が減少し、世界は停滞しました』

「それと私の転生に何の関係があるの？」

『私たち神々は、信仰によって得た魔力で異世界との道を一時的に創り上げるのです。その際に、科学文明の発達した地球では使われていない魔力と転生者の魂を貰ってくるのです。そうして得た高濃度の魔力を転生者と共に魔力が薄い地域に送り込み、世界の魔力濃度を高めていたのです』

「それが、神々の力の使い道と、私の転生させた場所が【虚無の荒野】だった理由ね」

『はい。本来は、人々の信仰で得た魔力の使い道は、救済のための奇跡でしょうが、それでは世界の魔力枯渇は改善しない。特に魔力枯渇が酷い地域には、人間や魔力が流入しないように結界を張り、転生者と異世界の余剰魔力を引き込んで魔力濃度を緩和しているのが現状です』

私にその話が事実かどうか確かめる術はないが、ある種の納得がある。

「でも、それじゃあ転生者は要らないんじゃない？　異世界から魔力を貰ってこれるんだから」

魔力の道さえ通っていれば魔力は、濃いところから薄いところに自然と流れてくる。

ならば、異世界との道を維持し続けて魔力を得た方が良いのではないか、と思う。

だが、リリエルは困ったように首を横に振る。

『異世界との道を繋ぐにも幾つか制約があるのです。余りに繋ぎすぎれば、世界同士が融合する危険があります。また、異世界との道を維持するにも莫大な魔力が必要になります』

「じゃあ、なぜ――」

『これも魔力のためです。私たちが異世界との道を繋ぐ際に得られる魔力は大体5億魔力ほどです。ですが、力を持たせた転生者たちが長く生きれば、彼らから放出される魔力の自然放出量だけでそれを上回ることが多いのです』

魔物を倒してレベルアップした転生者たちの魔力量は、大体1万から3万に成長する。

そこまで魔力量が増えれば、【遅老《ちろう》】スキルにより長寿になりやすく、その分世界に放出される魔力が増える。

冒険者となれば、パーティー単位で強くなり、魔力量が多い転生者たちが子どもを作れば、その子どもたちも高い魔力量を保有する可能性が高くなる。

結果的に、異世界との道を繋ぐ以上に多くの魔力を得られることが多いそうだ。

「だから、私が転生する時、なるべく長く生きて欲しいって言ったのね。でも、やっぱり納得できないわ。なぜ、異世界人の魂を転生させるの？　この世界の人じゃダメだったの？」

特に、五大神教会というリリエルたちを祀る教会があるのだ。

自身の信者たちに神託を下すこともできるのではないか。

なぜ、私で無ければいけないのか、その理由を聞かなければ、本当の意味で納得はできない。

『私たち神々は、それぞれの権能に応じた干渉はできてもそれ以外は制限されているわ。それこそ人が死に、肉体から離れた魂の扱いに関しては、妹神で冥府神のロリエルの領分なのよ』

そのために、この世界で適正のある魂を見つけても、地母神であるリリエルよりも冥府神のロリエルの方が魂の扱いに関して強い権能と優先度を持つそうだ。

そして、ロリエルも世界に魔力を満たすために、死者の魂の記憶を綺麗《きれい》な状態にして新たな生命に生まれ変わるように送り出しているそうだ。

新たな生命が生まれれば、その生物が発する魔力が少しずつ世界に満ちることを信じて。

『そのロリエルも２０００年前の魔法文明の暴走で起こった魔力不足による大量死で発生する魂の処理のために、眠ったような状態になっているわ。眠りながら自動で魂を転生させ続けているから、魂に関する交渉もできないのよ』

僅かに疲れたような表情を見せるリリエルに、私の心は決まった。

「分かったわ。その話、信じるわ」

リリエルの表情が一瞬、驚きに変わる。

『あなたは、私たちに対して疑う気持ちがあるのに信じるのですか？』

「最初は澄ました顔で事務的なやり取りをするから信じられなかったけど、２０００年も荒廃しかけた世界を立て直そうとしているなら、同情もするし、できる範囲で手伝いをするわ」

それにこの一年以上、異世界を旅して様々な書物を読み解けば、遠い昔に大災害――リリエルが言う魔法文明の暴走――が起きたのは、事実だろうと思う。

『女神に対して同情するのですか。ですが、そう申し出てくれるのは嬉しいです』

私の言葉に、リリエルが人間らしい苦笑を浮かべた。

「やっと人間らしく笑ったわね。そっちの方が私は好きかな」

『一応、神には威厳が必要なんです。はぁ……』

そう言って、幾分か肩の力を抜いたリリエルは、じっと私の目を見る。

『そろそろ時間ね。夢見の神託は、沢山の魔力を使うからもう終わりね。また時間と魔力が空いた時にでも夢見の神託を送るわ』

「えっ、ちょっと！」

女神・リリエルが消えて、この不思議な空間が暗転して消えた。

………………

…………

……

「魔女様。うなされていたけど、大丈夫なのですか～」

「う、ううっテト、おはよう……」

私は、テトに揺すり起こされたらしい。

どうやら寝ている間に、夢見の神託で大量の魔力を消費したのか、体の魔力がスッカラカンで強制的に途切れたようだ。

寝起きに魔力枯渇による気持ち悪さを感じながら、マナポーションをちびちびと飲んで一日ベッドで休むことになった。

22話【孤児誘拐】

孤児院の救済の道筋を立ててからしばらく経ち、以前許可が下りたBランク昇格試験の日程が決まるまでの間、ダンジョンに日帰りで挑み、地図の作成を中心に過ごしていた。

また週に2回は、孤児院に顔を出して子どもたちの仕事ぶりを見たり、その子たちよりも低い年齢の子どもたちを相手にお菓子の材料を持ち込み、一緒にクッキーなどを作ったりして過ごした。

それから2週間ほど経ち、ダンジョンの23階層まで辿り着く頃――

「チセさん、テトさん。Bランクの昇格試験の日取りが決まりました」

「本当に？」

「はい。二週間後にアルサスさんのパーティー【暁の剣】と、合同でダンジョンの21階層以上の泊まり込みの探索になります。期間は、三日です」

「分かったわ。ダンジョンでの泊まり込みで、計画性を見るのね」

その日からBランク昇格試験のためにダンジョンに挑む頻度を減らし、ダンジョンでの宿泊の準備をして過ごす。

準備と言っても【創造魔法】で道具を用意したり、町で購入した物をマジックバッグに収納すればすぐに終わるので余った時間は、ほとんど孤児院通いに費やしていた。

そして、Bランク昇格試験の当日。

ギルドに行くと、試験官を務めてくれるアルサスさんたちのパーティー【暁の剣】が待っていた。

「アルサスさん。今日から三日間、昇格試験をお願いします」

「お願いするのです！」

「おう、それじゃあ早速話し合いをするか」

そうしてアルサスさんたち【暁の剣】から、昇格試験の内容を聞かされる。

ダンジョンで三日間泊まり込みで探索して、その様子を見るとのことだ。

ダンジョンの、特に洞窟型のような閉鎖空間では、精神に異常を来しやすい。

なので、疲労などを管理できるのか、ちゃんと休憩を取れるのか、ダンジョン内での探索の様子など、個人の技量以外の総合的な能力と想定できる問題の事前対処能力などを実地試験するようだ。

二つのパーティーが互いに想定しうる問題などを話し合う中、ギルドの入口から見覚えのある子どもが慌てて駆け込んでくる。

「姉ちゃん、チセ姉ちゃん！　テト姉ちゃん！　助けて！」

「あなたは……孤児院の？　どうしたの、何があったの？」

「兄ちゃんが、ダン兄ちゃんたちが攫《さら》われた！」

私は、努めて冷静に少年から話を聞き出す。

日用品の買い物に出たポーション調合組の何人かが、大人たちに路地裏に連れ込まれて攫われたらしい。

ダン少年を含む数人が抵抗したので、その隙をついて年下の少年が逃げ出し、冒険者ギルドに助けを求めてきたようだ。

ギルドと領主側で子どもたちを守れるように対策していたが、それだけでは不十分だったようだ。

「分かったわ。任せなさい」

「嬢ちゃん、行くのか？　Bランクの昇格試験は、どうするんだ？」

こちらを試すように聞いてくるアルサスさん。

Bランクの昇格試験は、Bランク以上の冒険者が試験に加わるために頻繁には行えない。

また他にもBランクの昇格試験を待つ冒険者たちがいるので、今回を逃すと、次の機会は半年以上先になる可能性もある。

それに対して私は、鼻で笑う。

「そんなものは、どうでもいいわよ。子どもたちの速やかな安全確保が大事よ」

たとえBランク冒険者への昇格が遅れたり、これで上位冒険者への道が断たれても構わない。

そう思って、アルサスさんを見つめ返すと、ふっと面白そうに笑う。

「おい、ラフィリア！　お前の魔法で子どもたちを探せねぇか！」

「全く、人使いが荒いんだから――《精霊よ、子どもたちの軌跡を辿り、我らを導け》！」

エルフのラフィリアが風精霊に願い、子どもたちの攫われた先を辿ってくれるらしい。

「風の流れがある場所なら、探してあげるわ。この町くらいならすぐに見つかるはずよ」

「ありがとう。でも、いいの？」

Bランクの昇格試験すら蹴ろうとした私に対して、アルサスさんはニッと力強い笑みを浮かべる。

「うちの聖職者は、教会の孤児院の出身だからな。他人事じゃねぇんだよ」

そう言ってアルサスさんが親指で指差す先にいる、パーティーメンバーの聖職者風の男性は、感情を抑えたような無表情になっていた。

「それに、将来性のあるチセとテトの嬢ちゃんたちに貸しを作ることにするわ」

「そう、なら、早くに返せるように頑張るわ」

私たちは、短いやり取りの中で互いに納得する。

そして、程なくして精霊魔法を使っていたラフィリアが、子どもたちが攫われた場所を見つけたようだ。

ギルドに駆け込んだ孤児院の子どもは、ギルドの職員に見てもらい、他にも何組かの冒険者には他の子どもたちが更に誘拐されないように派遣を頼む。

「これ、冒険者を動かす時に必要な経費だったら、好きに使っていいから」

「ちょ、チセさん！　ギルドカードを置いていくんですか！　って好きに使ってって、どんだけ貯め込んでいるんですか！」

緊急時のための依頼料は、私のギルドカードから引き下ろすようにギルド職員に言い渡すと、私たちは、子どもたちを助けるためにギルドを出る。

アルサスさんたちやテトが走る速度に、子どもの私の歩幅では【身体強化】しても少し辛いために、町中でだけれど飛翔魔法を使って付いていく。

「それで、子どもたちがいる場所ってどこなの？」

「多分、あっちよ！」

ラフィリアを先頭に追い掛けていく先にあったのは、この町外れの倉庫街だった。

「ここに子どもたちが……っ⁉　この距離ならダン少年の魔力が分かる！」

倉庫街に近づけば、私の【魔力感知】で見知った相手の居場所を見つけることができる。

辺りを見回すように探れば、一際大きな倉庫の地下から、ダン少年を含む子どもたちの魔力を感じることができた。

「そこね！」

「魔女様、先に進むと危ないのです！」

「おい、嬢ちゃん！」

飛翔魔法を維持したまま、低空で倉庫に飛び込む。

「何だ、てめぇは！」

「邪魔よ！　――《スタン》！」

『『『うぎゃぁぁっ！』』』

倉庫の中に降り立つと柄の悪そうな連中が武器を構えて出迎える。

対人無力化のために威力を落とした雷魔法を私が広範囲に使うと、男たちは悲鳴を上げて倉庫の床に倒れていった。

「子どもたちはどこ？　吐きなさい！」

私は、【身体強化】で強めた腕力で倒れた男の胸倉を掴み上げる。

「……し、しりゃねぇな」

雷魔法で体の自由を奪われ、痺《しび》れて呂律《ろれつ》が回らない中、それでも男は答えない。

「お、おりぇたちに、てぇだしぃて、タダですむとおもうなよ……」

陳腐な脅し文句を口にする相手に対して、今度は魔力を放出した威圧を行う。

「もう一度言うわ。子どもたちは、どこ！」

魔力量1万超えの人間が発する魔力放出の威圧に、男たちはガタガタと震え出す。

「い、いう、いうから、いのちだけは、たすけて。おれたちゃ、雇われただけだ」

私の威圧を受けて命乞いをする荒くれ者たちから話を聞き出そうとするが、テトやアルサスさんたちが追い付いてきた。

「嬢ちゃん、先行するな！　って……もう制圧してるな」

「おい、こいつらガスの連中だぞ！」

「【暁の剣】も来たのか……もう、お終いだ」

追い付いてきたアルサスさんたちを見て、威圧で心が折れた荒くれ者たちは、完全に降伏した。

流石、Aランクパーティーのネームブランドだろうか。

「……それで、子どもたちはどこ？」

「子どもたちは地下にいる。だけど、魔導具の扉を開ける鍵がないんだ。旦那が全部管理してる！

俺たちは、飢えさせねぇように、小窓から食べ物と水を与えてるだけだ」

アルサスさんたちがロープで男たちを捕縛し、子どもたちの居場所を聞けば、そんな言葉が返ってきた。

そして、これだけの近距離なら風魔法の《ウィスパー》で子どもたちの声を正確に拾い上げることができる。

子どもの不安と恐怖を押し殺したような啜《すす》り泣く声、励まし合う声などが耳に届いた。

あの明るく、優しい子どもたちを、こんな状況に追いやった男たちに強い怒りを感じる。

「魔女様、結構怒っているのです」

「ええ、今すぐに消し炭にしてやりたいほど、ムカついているわ」

私の体から再び放出される魔力の威圧に、拘束された男たちが怯えるが、そんな姿を見ればすぐに興味も失う。

「地下にいて、入口が開いてないなら別の入口を作るだけよ。――《ウィスパー》」

風が通り、地下の子どもたちの声が聞こえるなら、こちらの声も届かせることができる。

「ああ、マイクテス、マイクテス。ダン少年、聞こえる？」

『チセ姉ぇ⁉　どこ？　どこにいるんだ？』

「あなたたちがいる地下室の真上よ。すぐに助けてあげるから部屋の隅のほうに移動してくれる？」

『わ、分かった！』

地下に魔力の波動を送り込む土魔法《アースソナー》で、地下室の構造は把握した。

子どもたちも部屋の隅に固まっているので、これなら大丈夫そうだ。

「それじゃあ、テト。行くわよ」

「はいなのです！」

「おい、嬢ちゃんたち、何を――」「――《ホール》！」「――っ⁉」

私とテトは、同時に倉庫の床に手を付けて、地面の構造を変える。

ボゴンという異音が起こり、子どもたちのいる部屋に直接降りられるような大穴を作り出す。

「それじゃあ、行ってくるわ。その男たちのことよろしくね！」

「魔女様と一緒に迎えに行くのです！」

「ちょ、マジか⁉」

私は、アルサスさんたちに荒くれ者たちを任せて、テトと手を繋いで大穴から飛び降りる。

飛翔魔法による落下でゆっくりと降りた先は、薄暗い労働設備の整った独房のようだ。

「ダン少年、助けに来たわ」

「迎えに来たのです！　みんな心配しているから帰るのです！」

「チセ姉ぇ、テト姉ぇ……」

薄暗い部屋の中で突然天井に大穴が開き、光が差す中で、子どもたちは私の指示で部屋の隅に身を寄せていた。

そして、その大穴から降り立った人物が私たちだと気付き、子どもたちの緊張が解れたのか駆け寄ってくる。

今まで恐怖を抑えるように啜り泣いていた子どもたちは、絶対庇護者の私とテトが現れたことで安心して泣き始めた。

攫われた子どもは、調合と製紙ができる子どもが五人と、更に年下の子が三人だった。

私とテトは安心させるように一人ずつ抱き締めて宥める。

荒くれ者たちに攫われた際に抵抗して殴られたり、擦《す》り剥いた子には、一人ずつ回復魔法で怪我を治していく。

そして、しばらくして落ち着いたところで私が脱出を提案する。

「それじゃあ、孤児院に帰りましょう」

「チセ姉ぇ、待って。俺たちの他にも捕まっている人がいるみたいなんだ」

ダン少年にそう言われた私は、少し悩む。

既に子どもが攫われて、冒険者のアルサスさんたちも上を制圧している。

その内、兵士や他の冒険者たちも応援に集まり、誘拐事件の収拾に動くだろう。

そうなれば、他の人たちも自然と助けられるはずだ。

だが――

「分かったわ。けど、絶対に私から離れちゃダメよ」

そう言って、私は部屋の構造を確認する。

魔導具の扉は内側から開けられず、地下室の壁は分厚いが、それでも壊せないことはない。

「――《ホール》!」

私は、次々と地下室の扉を無視して壁に大穴を開けていく。

それぞれの独房には色んな人が攫われていたらしく、子どもから成人した人まで幅広く捕まっており、彼らを解放していった。

「それじゃあ、上に上がるわ」

総勢20人の捕まった人を引き連れて地上に上がれば、倉庫の中には、色々な人が集まっていた。

衛兵や冒険者ギルドのギルドマスターに今回の誘拐事件の後処理を任せて、私とテトは子どもたちを孤児院に連れ帰った。

23話【孤児院へのお泊まり】

子どもたちの救出後、地下室に誘拐されていた大人たちは、騎士団預かりとなった。

誘拐事件は、発生からほとんど時間も掛からずスピード解決したが、子どもたちに強い不安を与えていた。

そこで神父様と相談して、私たちも孤児院に泊まり込んで一緒に過ごすことにした。

「さぁ、子どもたち全員分は大変だけど作りましょう」

「魔女様、テトも手伝うのです！」

そして誘拐事件から一夜明けて、子どもたちみんな疲れていると思い、いつもより多く寝かせてあげるために私たちが朝食を用意する。

「遅れた！　ご飯の準備をしないと！」

朝食の匂いを嗅ぎ付けて目を覚ましたダン少年たちが、慌てて食堂に駆け込んでくる
「もうできてるから慌てなくていいわ。それに神父様と相談して、しばらくポーションと紙作りをお

休みにしたから、もう少しゆっくり休んでいても良かったのに……」

「えっ……休み？」

そんなダン少年たちの様子に私は、困ったような笑みを浮かべる。

「あんなことがあったから、お休みよ。さぁ、ゆっくり朝食を食べて、好きなことをして過ごせばいいわ」

「ご飯は、たっぷり作ったのです！」

テトが子どもたちの食事を盛り付けると、ダン少年たちは落ち着かない様子で朝食に手を付ける。

誘拐事件があった後なので、外出を控えさせるために休みにした。

その結果、薬草採取や紙の原料の木くずの回収、ポーションの調合と製紙などをしないため、子どもたちは思い思いの過ごし方をする。

「魔女様、行ってくるのです！」

「チセ姉ぇ、俺たち庭にいるな！」

「怪我には気をつけてね。私は、孤児院の中にいるから」

テトは、ダン少年を含む活発な子どもたちと共に、雪の積もった孤児院の庭に遊びに行く。

外に遊びに出るテトたちを見送ると、一人の子が私のローブをぎゅっと掴んで抱きついてくる。

「コホ、コホ……チセお姉ちゃん」

「一緒に、家の中で過ごそうね」

「コホッ……うん」

私は、誘拐事件に巻き込まれて強い不安を抱く子を見守るために、室内で過ごすことを選んだ。

そんな中、同じ室内で過ごす年長者の女の子が何かを持って相談にやってきた。

「チセお姉ちゃん、相談したいことがあるんだけどいいかな？」

「うん？　どうしたの？」

「実はね。板から剥がす時に破れちゃった紙をどうしようか、考えているの」

彼女が持ち込んだのは、製紙施設から出た規格外の植物紙のようだ。

板に貼り付けて乾燥させた後に剥がす際、破れて売れない物や木の繊維を厚く盛りすぎた硬い紙など様々な失敗作が出てきたのだ。

「そうね。またグリーンスライムから作った薬品で溶かして、紙に作り直すって方法があるけど……」

「だよね……」

そう落胆する少女に対して私は、何枚かの失敗した植物紙を手に取る。

「でも、このくらいの大きさなら、色々できそうね」

私は、目を閉じて明確な形をイメージして、【製図】スキルで紙に図面を描き起こしていく。

「チセお姉ちゃんは、何をしてるの？」

「ヌイグルミの型紙を作っているわ。このくらいの紙なら、型紙には使えるんじゃないかな、と思ってね」

ダンジョン探索の際に手描きで地図を描いた経験から得た【製図】スキルが、ヌイグルミの型紙を作る経験に生きるとは思わなかった。

「ヌイグルミができるの……」

私の言葉に、室内にいた他の子どもたちも私の周りに集まって、興味深そうに作業を見つめてくる。

紙にヌイグルミのパーツを描き起こし、それをハサミで裁断して切り出していく。

描き出した型紙は、縫い合わせる部分もあるので一回り大きめに描き、それを元に布を切り抜き、縫い合わせてヌイグルミを作っていくのだ。

「さて、布と綿、それと糸と針は……あったわ」

開拓村にいた時、開拓団の冒険者たちの衣服の手直しなどで使った裁縫道具をマジックバッグから見つけ出した。

生地や綿は、ダンジョン都市に辿り着くまでの寄り道で立ち寄った村々での物々交換や魔物退治のお礼などで手に入れたものである。

生地は、あまり人気のない茶色の物を物々交換の品として渡されたが、明らかに不良在庫を押しつけられたことを思い出して、苦笑いを浮かべる。

綿は、羊の畜産が盛んな村で家畜を狙った魔物が現れ、その魔物退治のお礼として頂いた品だ。

その時に、羊毛綿の使い方や注意点などを色々と教わったことを思い出す。

「さぁ、この型紙を生地に当てて、線を描いていくわ」

「わ、私も手伝う！」

『『私も、私も……』』

私が実演していると、何人かの女の子がヌイグルミ作りの手伝いを申し出てくれる。

「それじゃあ、手分けして作りましょう」

私は、他の部位の作成を手伝いを申し出てくれた女の子たちに任せる。

女の子たちは、元々孤児院の服の手直しで裁縫に慣れているためか、物覚えがいい。

そして、複数の布地を縫い合わせて、生地を裏返し、羊毛綿を詰めていけば立体的な膨らみが生まれる。

『『手足になった！』』

それだけで人形の手足になり、羊毛綿を詰めたために心地のいい弾力に子どもたちが順番に触っていく。

今私が作っている胴体部分が完成すれば、ヌイグルミのパーツが一通り揃う。

「よし、胴体完成、っと。あとは、頭や手足を縫い合わせたり、丈夫な刺繍糸とボタンを使ってパーツ同士を繋げたりするわ」

「ボタンなら、沢山あるから持ってくる！」

何かの拍子に子どもたちの服からボタンが取れたものがあるようだ。

そんなボタンを大事に仕舞っており、それらは色々な種類があった。

ダンジョンの森林階層から取れる木々で作った木製のボタンや真鍮《しんちゅう》製《せい》のボタン、革製のボタンなどがある。

子どもが使うヌイグルミなので、なるべく柔らかいものを使う。

ヌイグルミの両目は小さな木製ボタン、両手両足を繋ぐのは革製ボタンにした。

ボタンに丈夫な刺繍糸を通して、それぞれのパーツを縫い合わせれば、ヌイグルミが完成する。

『『『あー、クマになったぁ！』』』

完成したヌイグルミがデフォルメされたクマの形になったのを見て、子どもたちが感嘆の声を上げる。

初めて作った試作品だからバランスが微妙に悪いが、柔らかな弾力とどこか愛嬌《あいきょう》のあるクマのヌイグルミになった。

そんなクマのヌイグルミを私は、フニフニと揉《も》んで手足を軽く動かす。

「チセお姉ちゃん、ああいう顔するんだ」「可愛い物が好きなんだね」「柔らかい物が好きなのかも」

「チセちゃん、綺麗《きれい》って感じだけど笑うと凄く可愛い」

しばらくヌイグルミを揉んでいた私は、子どもたちの声に気付き、すぐさま表情を取り繕う。

だが、室内の子どもたちに私のニヤけた表情を見られ、恥ずかしさに顔が赤くなる。

「私は、ただ硬さを確かめていただけよ」

私がそう言い訳を口にするが、他の子たちは生暖かい目を向けてくる。

見た目は孤児院の子どもたちと大差ないが、中身は大人なのだ、あまりからかわないで欲しい。

少し深呼吸を繰り返して落ち着いたところで、不安から私にピッタリと張り付いていた子にクマのヌイグルミを差し出す。

「はい、どうぞ」

「えっ？　いいの？」

誘拐事件で強い不安を覚えていた子は、途中から不安などを忘れて、ヌイグルミができる過程に目を輝かせて見つめていた。

そして、恐る恐るクマのヌイグルミを受け取ると、子どもらしい明るい笑顔を見せてくれる。

「コホ、コホ……チセお姉ちゃん、ありがとう！」

「うん。この子をみんなと一緒に大事にしてね」

「いいなー、羨ましいなぁ」「私にも貸して～」「触らせて～」「お姉ちゃんたち、もっとヌイグルミ作ってよ！」

クマのヌイグルミを受け取った子は、私から離れて他の子たちに囲まれて、順番にクマのヌイグルミを触らせていく。

「いいなぁ、ヌイグルミ」

「材料もあるから、みんなで協力すれば、ヌイグルミの友達を作れるわよ」

『『『――うん！　作る！』』』

室内にいる子たちが型紙の数を増やし、残った布地と羊毛綿を使ってヌイグルミを作り始める。

「魔女様～、ただいまなのです～」

「うー、寒ぃ！　チセ姉ぇ、外が寒い！」

しばらくすると、外に遊びに出ていたテトやダン少年たちも帰ってきて、完成したヌイグルミと今作りかけのヌイグルミを見て、目を丸くしている。

「テト、お帰りなさい。外で遊んでたから冷えたでしょう。お風呂を用意するわ」

「お願いするのです！」

外に出ていた子どもたちが戻ってきて、室内は一気に賑やかになる。

そして夜を迎え、誘拐事件で不安を覚えた子どもたちを安心させるために、広い部屋に布団と毛布を運んでみんなでぎゅうぎゅう詰めになって眠ることを年長者が提案してきた。

互いに体をくっつけ合うので冬場は寒くなく、更に人が近くにいるために不安になることも少ない。

問題があるとすれば、寝相が悪い子が他の子を蹴ってしまったり、夜中にトイレに行こうとして他の子を踏んでしまうが、不安に思うことなく夜を過ごせたようだ。

昼間、私にピッタリと張り付いていた子は、今はクマのヌイグルミを抱き締めて、孤児院の兄弟姉妹たちに囲まれて穏やかな眠りに就いていた。

ただ、寝室には時折、幾人かの子どもたちの呟き込む声が響くのだった。

24話【アノード熱】

数日前に起こった孤児の誘拐事件は、神父様たち大人が処理をして少しずつ落ち着きを見せる中、朝の食堂にダン少年が飛び込んでくる。

「チセ姉ぇ、テト姉ぇ！　大変だ！　チビたちが熱出した！」

「熱？　分かったわ。私が見に行くからテトは朝食の用意をお願い」

「任されたのです！」

私がダン少年に案内された部屋は、誘拐されて情緒が不安定な子たちを落ち着けるために、みんなで雑魚寝していた部屋だった。

「こほ、こほっ……ダン兄ちゃん、チセ姉ちゃん……」

「けほ……けほっ……ごめんね。お手伝いできなくて」

「病人は、気にしなくていいわ。ちょっと見させてもらうね」

額に手を当てると、大分熱が高いようだ。

更に、喉も腫れて咳をしていることから風邪の症状だと思う。

「疲れでも出たのかな？　一応、魔法も使って調べようか」

それに、子どもたちが咳をする度に妙な魔力の揺らぎを感じ、体内を詳しく調べる《サーチ》の魔法を使う。

この探知魔法は、回復魔法と併用することで、より詳細な体内の状況などを知りながら治療することができる。

そんな魔法で見た子どもたちの体は、肺を中心に、異物と思われる極微細な魔力を感じ取ることができた。

「えっ、何これ？」

「チセ姉ぇ、チビたちは……」

不安そうに尋ねるダン少年に対して、私は答えずに持ち得るスキルを行使して、子どもたちに対処する。

「――《ヒール》……これは違う」

回復魔法を肺を中心に掛けると、異物である微細な魔力が蠢《うごめ》き、回復魔法の魔力を吸収して増えるのを感じる。

それと同時に、魔法によって子どもたちの持つ本来の免疫力が強化されて増えた分の異物を、死滅させて均衡状態を保っているようだ。

更に、【魔力感知】スキルで子どもたちのいる部屋を確認すれば、子どもたちの肺に巣食う異物な魔力が空気中に飛散しているのを確認できた。

最後に、教会の魔法書で覚えた鑑定魔法で子どもたちを調べると――

――状態：アノード熱（発症中）

「これは……」

「ダン兄ちゃん！　神父様を呼んできたよ！」

「子どもたちが熱を出したと聞きましたが、チセ様、どうですか？」

他の子が神父様を呼んできたようだ。

「先程、子どもたちを鑑定したところ、アノード熱という物に掛かっているそうです」

「アノード熱、そうですか。とりあえず、無事な子どもたちは、別室に移しましょう。感染した子は、教会の方に隔離しましょう」

神父様が隔離と言うのだから、アノード熱は伝染病の一種なのだろう。

子どもの咳によって異物な魔力――正確には、魔力を持つ病原体が空気中に飛散していたのだろう。

「――《クリーン》！」

神父様が部屋や子どもたちに清潔化の魔法を使えば、アノード熱の原因となる病原体は魔力を吸収しきれずに自壊して消えた。

私自身も、アノード熱の病原体を体内に取り込んだが、豊富な魔力を吸い切れずに次々と自壊していく。念のため体の周りに病原体を防ぐ結界を張る。

「チセ様、お手伝いをお願いします」

「ええ、分かりました。――《サイコキネシス》！」

念動力の魔法でぐったりとした子どもたちを、毛布に包むように浮かべて教会の方に運ぶ。

移動中も病原体が飛散しないように周囲を結界で覆い、移動先の一室も結界で病原体の出入りを制限した。

「神父様。アノード熱は、伝染病ですか？」

「ええ、高熱と咳などが主症状の伝染病です。魔力の少ない子どもが中心に罹《かか》るのです」

「なぜ、伝染病に？　どこから子どもたちは罹ったんでしょうか？」

「おそらく、誘拐事件の際に救出された人たちの中に感染者が交じっていたのでしょう。救助の際に医師に掛かったところアノード熱の発症者がいた報告がありました」

監禁されていた人たちは、劣悪な環境で免疫力も落ちていたのだろう。

そんな彼らが病原体を保有し、救助の際に子どもたちと接触して感染、数日の潜伏期間を経て発症したと考えられる。

精神的に不安定だった子どもたちを落ち着けるために、他の子どもたちと同じ部屋で雑魚寝させたのも同室での空気感染を助長した可能性もある。

様々な要因が悪い方に転がった。

もしも、あの時、後から来た衛兵や冒険者たちに任せれば、子どもたちがアノード熱に感染することはなかったかも……

「チセ様、自分を責めてはいけません。それに誰にも止めることはできませんでした」

「神父様。治療法は……」

「アノード熱に回復魔法は効きづらく、薬は専用の物が必要で高価です。幸い感染力も高くありませんし、一度罹ってしまえば、次は重症化しにくいのです。子どもたちの力を信じましょう」

そう、私を元気づけるために声を掛ける神父様。

「はい、分かりました。それでは、熱の出た子が食べやすいように葛湯《くずゆ》を用意してきます」

「ええ、お願いします。私の方では、一度アノード熱に罹った子どもたちに声を掛けて看病を手伝ってくれるようにお願いしてきますね」

そうして私たちは、手分けして孤児院の運営と病人のお世話を行う。

一度アノード熱に掛かった子どもたちは私と神父様と共に看病を手伝い、それ以外の子たちはテトや孤児院の年長者に任せて普段通りの生活をするように心掛けてもらう。

そんなアノード熱の看病を手伝ってくれる子どもたちの中には、ダン少年もいた。

「ダン少年は、アノード熱に罹ったことがあるの？」

水で溶いた小麦粉をお鍋でとろみが付くまで加熱して、砂糖と塩で食べやすいように味を調えた葛湯を運ぶのを手伝ってくれるダン少年に、そう尋ねた。

「ああ、一昨年の冬にな！　あの時は、一週間近くも喉が腫れてご飯を食べるのも大変だったし、美味しくない葛湯を食べたんだけど、それが不味くて、不味くて……」

ダン少年は、自分が伝染病に罹った時のことを面白おかしく語る。

だが、ダン少年の言動は、どこか空元気のような違和感を覚える。

熱を出した子どもたちに葛湯を食べさせた後、水分補給の白湯《さゆ》を飲ませ、手拭いで汗を拭き、革袋の水筒で額を冷やす氷枕などを用意していく。

水分補給の白湯には、少量のポーションが混ぜてあり、熱消耗で落ちた体力の補強もしてくれる。

それらが終わってしまえば、あとは神父様の言うとおり見守るだけである。

そんな中で、ダン少年がこちらを縋《すが》るように見つめてくる。

「なぁ、チセ姉ぇ。俺にも他に何かできることはないかな？」

「ありがとう、ダン少年。今はないかな。それより、あなたも疲れてるでしょ？　ちゃんと休むのも仕事の内よ」

誘拐事件からずっとバタバタが続いている中で、ダン少年も疲れているはずだ。

それを指摘すると、さっきまでの空元気が消えて、泣きそうな表情に変わる。

「この伝染病に罹ったたって言ったけど、その時、一緒に病気になった仲間が二人亡くなったんだ」

「……そう」

「だからな、できることをしたいんだ。チセ姉ぇが助けてくれる前までは、そんなこと考える余裕なかったけど……怖いんだ。チビたちが死んじまうのが……」

弱音を吐くダン少年に対して私は、ただ静かに相槌を打つ。

言いたいことを全て吐露したダン少年は、自らの服の袖で目元を擦って普段通りの笑みを浮かべる。

「チセ姉ぇ、ごめん！　こんな時こそ、俺が普段通りの姿を見せないとな！　今はポーション作って、お金稼いで、病気のチビたちにいい物食わせないとな」

「ええ、いってらっしゃい。私が子どもたちの様子を見ているわ」

自らで不安を振り払ったダン少年は、孤児院の裏手にできた調合施設に向かい、入れ違うように神父様が入ってくる。

「本当に子どもの成長は、早いですねぇ」

「神父様、聞いていたのですか？」

「ええ、前までは今日を生きるのに精一杯でした。今は明日を見ています。これもチセ様のお陰でしょうか」

「それは、ダン少年自身の頑張りですよ」

私と神父様は、走り去ったダン少年の成長に眩《まぶ》しそうに目を細める。

「ここは私が変わりましょう。チセ様も休むといいでしょう」

「いえ、私は大丈……そうですね。お心遣いありがとうございます。少し休ませて貰おうと思います」

ベッドに眠っている子どもたちは、ゴホゴホと無意識に咳き込み、空気中に魔力を持つ病原体を飛散させる。

それに対して、部屋全体に《クリーン》を施して死滅させてから、休憩のために神父様に任せる。

「あっ、魔女様も休憩なのですか?」

「テト。子どもたちのお世話、ありがとう。みんなはどうだった?」

「みんないい子だったのですよ～」

そう言って、バタバタとして食べ忘れていた朝食の残りをテトが温め直してくれたので、それを食べる。

食後に一息吐いた私は、マジックバッグから調合レシピや薬草辞典を引っ張り出す。

「魔女様、何を探しているのですか?」

「子どもたちをアノード熱で亡くなるリスクを減らそうと思ってね」

「テトも探すの手伝うのです」

「ありがとう、テト」

食堂のテーブルでテトと手分けして、アノード熱について調べる。

「回復魔法は効果が薄いけど、これなら……あった」

私は、手持ちの書物からアノード熱の薬の記述を見つけたのだった。

25話【吸魔耐性薬・ヘネア薬】

伝染病であるアノード熱への有効薬を見つけた私は、その薬が自分たちで作れることを確信する。

そして、その確信と共に自分の考えを確かめるようにテトに話す。

「テト。私は、アノード熱に有効な——へネア薬を作ろうと思うわ」

「魔女様。それは、どういうお薬なのですか？」

私の言葉に対してテトは、打てば響くような返事をくれる。

これが心地よく、また自分の考えを整理するのに役立ち、テト自身のシンプルな思考や疑問は、常に私に新たな視点をくれ、凝り固まった考えは正してくれる。

「へネア薬は、吸魔耐性薬の一種よ」

へネア薬——呼吸器官に限定した治療効果と魔力吸収に対する耐性を付与する魔法薬だ。

アノード熱の病原体は、感染した生物の魔力と栄養を吸って増殖する。

強い魔力や生命力のある存在に対しては、逆に免疫力や魔力で押し負けて死滅するが、体の外部から発動させる回復魔法では、体内の病原体を死滅させるほど強い魔力を当てられずに、逆に増殖を助長してしまう。

このヘネア薬は、本来魔物やダンジョントラップなどにある魔力吸収を防ぐ【吸魔耐性】を宿らせることができ、病原体の繁殖に必要な魔力吸収を遮断することができる。

更にヘネア薬に使われる素材には、アノード熱の症状である熱や喉の炎症などを抑える副次的な効果が期待できる。

「へぇ、そんな薬があるのですか～」

「それでね。この薬をダン少年たちに教えようと思うの」

「うーん？　魔女様が作るのではないのですか？　それに病気を治したいなら、【創造魔法】でお薬をパパッと作ればいいのです」

なぜ、どうして、とテトが疑問を返してくれる。

確かに、迂遠な方法だし熱と咳に苦しむ子どもたちを考えたら、すぐにでも飲ませてあげたい。

だが――

「テト。私は、旅の目的の【虚無の荒野】の場所を見つけたわ。だから、いつかダンジョン都市を旅立つ」

「それは、いつもと同じなのです。魔女様とテトは、いつも旅をしてるのです」

「だから、私は教えるの。今じゃなくて私たちが去った後、次の冬場に小さな子どもがアノード熱で亡くなることを少しでも減らすために」

私がいる間は、失敗はいくらでもさせてあげられる。

魔力が続く限り、【創造魔法】で素材を用意してあげられる。

ついこの間までは、今日と明日を生きるための術を教えていた。

次は、ダン少年たちに誰かを助けることができる知識と方法を与えたいのだ。

「魔女様は、間違ってないと思うのです！　だから、神父様にお願いするのです！」

「そうね、神父様にもお願いしましょう」

吸魔耐性薬の一種であるヘネア薬を作る許可を貰うために、私とテトは神父様の下に向かう。

「神父様、少しお時間よろしいですか」

「何でしょうか？　チセ様、テト様」

未だに熱と咳でうなされる子どもたちの顔色を、扉の隙間から確認しつつ、部屋から出てきた神父様に相談する。

「子どもたちの……アノード熱の治療に関してご相談があります」

「現状の対症療法でも十分ですが……」

アノード熱に有効な薬である【吸魔耐性薬】について、神父様は知っているのだろう。

薬が高価なのを知っていて難色を示すが、私はあえて口にする。

「ヘネア薬の調合と使用の許可をお願いします」

「薬も素材も非常に高価です。以前より孤児院が良くなったと言っても、アノード熱に罹《かか》った子どもたち全員分の薬の素材を買うお金はありません」

「必要な素材は、私の手持ちに全て揃っています。そして、ダン少年たちに作り方を教える許可をお願いします、神父様」

「テトもお願いするのです」

私とテトが頭を下げると、神父様は一度目を閉じ困ったように笑う。

「きっとチセ様とテト様には、崇高な考えがあるのでしょう。それにタダで素材を提供し、子どもたちに作り方を教えて助けようとするのです。お願いするのは、私の方です」

そう言って、真摯な表情の神父様は綺麗《きれい》に腰を曲げて頭を下げる。

「ダンたちに、子どもたちを助ける手立てを教えてあげてください」

「神父様、頭を上げてください！　私たちがやりたいからやっているだけです！」

「魔女様は、恥ずかしがり屋だから、困っているのですよ」

「こら、テト！　余計なこと言わないの！」

慌てる私に余計なことを言うテトを軽く叱ると、神父様は頭を上げてクスクスと笑う。

「分かりました。子どもたちの方は私が見ます、どうか薬をお願いします」

「ありがとうございます。テト、行くわよ」

「はいなのです！」

私は、テトを連れて孤児院の裏に建てた調合施設に向かう。

「みんな、ちょっといいかな？」

「魔女様がみんなに頼みたいことがあるのです！」

「チセ姉ぇ、テト姉ぇ、どうしたんだ？」

ダン少年を始め、この調合施設で働く子どもたちがこちらを振り返る。

今朝は子どもたちが伝染病に罹ったので、ポーションに必要な薬草を採りに行く暇がなく、紙を漉《す》く材料の廃棄木材なども貰いに行けないので、仕方なく掃除していた子どもたちの姿が目に入る。

そんな子どもたちに私は、提案する。

「全員、私に雇われない？　今日一日雇われて、一人銀貨1枚よ」

「チセ姉ぇが俺たちに頼み事？　やる！」

せめて、どんな仕事を頼むか聞いてから返事は欲しかったが、私は苦笑しながら、マジックバッグから袋に入った空の【魔晶石】を取り出す。

「とある薬を作るのを手伝って欲しいのよ。調合できる子は、私と一緒に薬作り。それ以外の子は、【魔晶石】に魔力を込めて、その魔力で調合できる子に薬を作らせるわ」

空の【魔晶石】をテトに預け、調合以外の子たちに渡して魔力を溜めさせる。

生活魔法が使えるように神父様に教えられているので、順番に【魔晶石】に魔力を籠めて、次の子に渡している。

「それじゃあ、ダン少年たちには、薬作りの手伝いをお願い」

私は、マジックバッグからヘネア薬を作るのに必要な素材である【ロニセラスの蔓】を取り出し、遺跡を見るために立ち寄った村で出会った薬師のサーヤさんを思い出す。

サーヤさんと一緒に採って乾かした【ロニセラスの蔓】が子どもたちの治療に使われることに、人と人との不思議な縁を感じる。

「……チセ姉ぇ、どうしたの？」

「ううん。何でもないわ。それじゃあ、こっちの素材も運んでくれる？」

私は他にもマナポーションに使う薬草、ダンジョンの森林階層で手に入れたマンドラゴラ、魔物から手に入る小粒な土属性の魔石などの素材をマジックバッグから取り出していく。

余談であるが、通常テトのように魔石をそのまま口に含んでも有害ではないが、何の効果も得られない。

魔石を砕いて粉末状にした物を魔法薬などに混ぜ込み、体内に吸収しやすいようにするのが、魔石の利用法の一つである。

「これらを鍋で混ぜて魔力を付与したヘネア薬という【吸魔耐性薬】を作ろうと思うわ」

「チセ姉ぇ、分量はどれくらい？」

調合する子どもたちには、【創造魔法】で作り出した計量カップや計り天秤、私とテトが手書きで作った調合の技術書などを渡している。

そこに書かれたレシピは、具体的な分量で書かれており、子どもたちも自然と分量を気にするようになったようだ。

「それは分からないわ。初めて作る薬だから、みんなの手を借りたいのよ」

レシピの素材は、手持ちの本に書かれているが、必要な分量などは調合師の目分量だったり、勘や経験である。

「だから、みんなには、具体的な分量を割り出して欲しいの。薬に必要な素材は、全部私が提供するわ。できた薬は、私が鑑定して成否を判定するからお願い」

「そういうことか！　よぉし、手分けしてやるぞぉ！」

『『おー！』』

調合できる子たちは、初めての経験にやる気を出す。

だが、すぐにレシピを調べる方法が分からずに、気勢が弱まりこちらを見る。

「手分けしてポーションを作りましょう」

紙を取り出した私は、そこに縦横に線を引いて、水や素材はどれくらいの量と順番で煮詰めるか、籠める魔力量はどれくらいかを何パターンか書き出す。

「この分量でみんな試してみて。それで効果量が高い物のレシピを中心に、少しずつレシピを調整しましょう！」

「よーし、改めて、やるぞ！」

そうして、ダン少年たちと共にヘネア薬作りを始める。

一人一人が素材の分量を調べるために、真剣に1本分ずつポーションを作る。

「あっ、チセ姉ぇ、失敗した！」

「大丈夫よ。素材は、まだあるから」

私は、裏手から竈《かまど》の燃料に使う薪を運ぶフリをして、こっそりと薪やヘネア薬の素材を【創造魔法】で創り出し、子どもたちの魔力では足りない【魔晶石】も補充する。

そうして、少しずつ最適な分量が判明していき――

「【中品質のヘネア薬】は、【ロニセラスの蔓】20グラム、魔力草10グラム、マンドラゴラの搾り下ろし汁5グラム、水２００ミリリットル、魔石の粉末３グラム。魔力量は５００以上ね」

「へへっ、どうだ。チセ姉ぇ！」

自身の魔力を消費しなかったが、【魔晶石】の魔力を引き出して利用するのに疲れたようだ。

子どもたちはみんな力なく笑うが、調べたレシピの結果を自身の調合の技術書の余白に書き込んでいる。

薬は完成し、ダン少年たちはレシピを覚えた――十分な成果だ。

「お疲れ様、はい。全員にお金よ。それとこの出来《でき》た薬を神父様のところに持って行ってくれる？」

「神父様？　あ、ああ、分かった」

私は、手伝ってくれた子どもたち一人一人に銀貨1枚を渡して、ダン少年に完成したヘネアの薬を神父様の下に届ければ、アノード熱で苦しむ子どもたちの助けになる。

そして、残ってくれた子どもたちと共に調合施設を綺麗に片付けた私は、少しだけ調合施設を借りて、とある薬を作る。

「ふぅ、できた」

ヘネア薬の素材に、ランドドラゴンの血を数滴混ぜて調合した上位の吸魔耐性薬・ヘネロア薬が完成した。

私が３０００魔力を注いで作ったヘネロア薬は、最高品質となった。

ランドドラゴンの血を使ったために回復効果も向上した薬を5本分作り、万が一子どもたちが作ったヘネアの薬が効かなかった場合に使おうと思った。

だが、幸いダン少年たちの作ったヘネア薬が子どもたちに効いたために、翌日から熱も下がり、ご飯もしっかり食べられるようになった。

三日後には、アノード熱も完治して外を走り回れるほど元気が戻ったのだった。

26話【ダンジョンのスタンピード】

「よぉ、チセの嬢ちゃんたちは、久しぶりだな」

「久しぶりなのです！」

「ええ、アルサスさんも久しぶりね。そっちはどう？」

子どもたちの誘拐事件から二週間、私たちは孤児院で子どもたちと共に過ごしていた。

誘拐に伝染病にと、てんやわんやだったが、流石に二週間も経てば落ち着く。

そして今日は、こうしてテトと一緒に賃貸アパートに戻ってくることができた。

そんなところに、同じアパートを借りている【暁の剣】のアルサスさんたちがやってきたのだ。

「冒険者が関わっていた事件だからな。ギルドとしてもうやむやにはできないから、本格的に後処理を任されて疲れたぜ」

私たちは、アルサスさんたちをアパートの一室に招き、今回の事件の真相を聞く。

なぜ、孤児院の子どもたちの誘拐事件が起きたのか。

その理由は、あの倉庫の持ち主である商会が関わっていた。

倉庫の持ち主の商会は、裏では不良冒険者を雇って、様々な悪事を働いていたようだ。

誘拐、営業妨害、違法奴隷、ダンジョン内での不都合な相手の暗殺など。

孤児院の子どもたちを誘拐した後は、どこか息の掛かった村に送って、そこで強制的にポーションや紙を作らせて、利益を得ようと考えていたらしい。

領主に雇われた衛兵の中には、日常的に賄賂《わいろ》を受け取っていた者がいたそうだ。

その衛兵の手引きで、その日の夜にこっそりと町から運び出すつもりだったようだが、私たちがスピード解決し、芋蔓式に悪事が露見した。

「結果は、関係者を犯罪奴隷に落として鉱山送り。その他、商会の取り潰しと資産没収ね。今後も子どもたちに手を出す人が出ないように見せしめの意味もあるわ」

アルサスさんの説明の後、魔法使いのレナさんが言葉を引き継ぐ。

他にも監禁されていた人たちは、領主様の下で保護され、不良冒険者たちは冒険者の身分剥奪と奴隷落ちだ。

「それにしても残念だったな。Bランク昇格試験が延びて」

一通り誘拐事件の話を終えたアルサスさんは、そう呟《つぶや》く。

子どもたちの誘拐事件を解決するために、Bランクの昇格試験を蹴ったのだ。

理由がどうあれ、しばらくの間はBランクの昇格試験の許可が下りないだろう。

「それに関しては、別にどうでもいいわ。上げられるから上げようってだけだったから……」

ランクが高ければ便利程度の認識だったので、遅れても問題無い。

「今回の件は、ギルドの冒険者も関わっていた。そいつらの悪事を止めるために昇格試験を蹴ったってことで、ギルドマスターも配慮して、ダンジョンのスタンピードに参加した結果を見て、Bランク昇格試験の代わりにするつもりのようだ」

「スタンピードって、あれでしょ？　ダンジョンから魔物が溢れ出す」

私は、小首を傾げながら聞き返す。

「そうそう。普段から各階層の魔物を一定数倒して、外に出るのを防いでいるが、毎年冬の終わりに大量の魔物がダンジョンから出現する。だから、地上に出ようと上がってくる魔物をダンジョン内で処理するのが、このダンジョン都市の風物詩なわけだ」

冬の終わりに起こるダンジョンのスタンピードは、一番危険であると共に冒険者にとっての稼ぎ時だ。

約三日間続く、大量の魔物の襲撃を耐えるには、冒険者として様々な技能が要求される。

「その時、一度も地上に戻ることなく防衛ラインの最前線で過ごし続けるのは、俺たちが課す予定だった昇格試験よりもずっと難易度が高いし、俺たち以外にもBランクやCランク冒険者の目がある」

ちなみに、その時の昇格試験官には、俺たち以外にもスタンピード対応に参加する上位冒険者の何組かが見るそうだ、とも付け加える。

「大勢の目がある中で活躍すれば、Bランクに上がれるの？」

「まぁ、そういうことだ。実際過去に、スタンピードで目覚ましい活躍をした奴らを昇格させたこともあるらしい」

なるほど、と納得して考え込む私に、アルサスさんが言葉を掛けてくる。

「それに、子どもたちの誘拐事件の解決を手伝っただろ？　だから、その借りを返すと思って、スタンピード対応を手伝ってくれ。優秀な冒険者は、一人でも欲しいんだよ！」

そう言って、ちょっとニヤけた笑みで冗談っぽく頼んでくるアルサスさん。

「魔女様、どうするのですか？」

「ある程度、実力がある冒険者はスタンピードに強制参加だろうし、昇格試験代わりで厳しく見られるって言っても、不合格になってもデメリットがないからいいんじゃない？」

私たちは、あくまで私たちの仕事をするだけだ。

その結果、Bランクに上がれなくてもスタンピードさえ収束させられれば、それでいい。

私がそう言ってスタンピードの参加を了承すると、アルサスさんたちはそんな私に苦笑を浮かべていた。

「それじゃあ、当日を楽しみにしているぜ」

「まぁ、できる範囲で頑張るわ」

「テトも魔女様と一緒に頑張るのです！」

アルサスさんとの話が終わり、ダンジョンのスタンピードが起こるまでは、これまで通り冒険者として活動を続ける。

ダンジョンの21階層以降を探索し、お金を稼ぎ、日々余る魔力を【魔晶石】に蓄える。

休日には、孤児院に寄って子どもたちと過ごしたり、ダンジョンに潜る時に食べるクッキーを一緒に作ったり、神父様から教会の魔法書に書かれた魔法について、色々と指導してもらった。

他にも子どもたちが作るポーションの品質を時折チェックしたり、孤児院にちょっかいを出す愚か者を密かに処理した。

その結果、孤児院の建て直しと孤児院に悪さする人たちへの容赦ない制裁の様子から、いつの間にか――【黒聖女】なんて呼ばれていた。

私は魔女なのに、解せない。

そうして冬場を過ごした私とテトは、強くなった。

名前：チセ（転生者）
職業：魔女
称号：【開拓村の女神】【Cランク冒険者】【黒聖女】
Lv75
体力1800／1800

魔力２１２００／２１２００
スキル【杖術Lv３】【原初魔法Lv７】【身体強化Lv５】【調合Lv４】【魔力回復Lv５】【魔力制御Lv７】【魔力遮断Lv６】……ｅｔｃ．
ユニークスキル【創造魔法】【遅老《ちろう》】

【テト（アースノイド）】
職業：守護剣士
称号：【魔女の従者】【Ｃランク冒険者】
ゴーレム核の魔力４５１００／４５１００
スキル【剣術Lv６】【盾術Lv３】【土魔法Lv６】【怪力Lv４】【魔力回復Lv３】【従属強化Lv３】【身体強化Lv10】【再生Lv３】……ｅｔｃ．

私は、日々のダンジョンの魔物との戦闘でレベルアップと【不思議な木の実】の効果で、魔力量が２万の大台を超えた。

テトの方は、ダンジョンの魔物からドロップする魔石を吸収しているために、更に核の魔力を高め、遂には【身体強化】スキルがレベル10に達した。

この冬、結構な数のダンジョンの魔物を倒した。

特にゲートキーパーである「Bランクのランドドラゴンを相当な数倒したのだが、逆に思ったほどレベルが上がらなかった。

その理由は、ダンジョンの魔物は生まれてからの経験が浅いために、様々なことを経験する地上の魔物に比べて経験値が低いそうだ。

その話は、夢見の神託に度々現れた女神・リリエルとの会話で明らかになった。


…………

……

…


「ねぇ、どうしてこの世界にダンジョンが存在するの？」

まるでゲーム的なダンジョンの存在に疑問を抱いた私が女神・リリエルに尋ねると――

『ダンジョンは、地脈に溜まった魔力を放出するための世界の機構の一つなのよ』

「機構の一つ？」

『前にも言ったと思うけど、この世界は古代魔法文明の暴走で魔力が枯渇しているのよ。そして、魔力は濃度の薄い場所に移動しようとする性質があるの。だけど、それは魔力の一側面だけよ』

「それは、どういうこと？」

『魔力には、拡散ずる性質と同時に魔力同士が凝り固まる性質もあるの』

その結果、魔力濃度が濃い地域や薄い地域があるが、２０００年前より世界の魔力濃度が平均して低いのだそうだ。

『そうした地中にできた魔力の偏り——魔力溜まりを放置すると大災害が起きたりするわ』

地上で魔力溜まりが生まれれば、その近くにあった物が変質して強力な魔物になったり、魔物のスタンピードを誘発する原因になる。

『だから、そうした地脈の魔力溜まりを解消するために、適度に魔力を消費・拡散するのがダンジョンの役目ね』

「へぇ、つまり、ダンジョンって継続的に魔力が溜まりやすい場所にできる、魔力の噴出口なのね。まるで火山みたいね」

『大体そんな認識であっているわ。火山も噴火と共に大量の魔力を空気中に放出しているからね』

私の感想に、リリエルがクスリと笑い、楽しそうに説明を続ける。

『ダンジョンは、滞った地脈の魔力を消費して撒き餌としての宝物を用意し、生み出した魔物が落とした魔石を持ち帰らせて、溜まった魔力を拡散しているのよ』

「でも、普通にそのまま魔力を放出しちゃダメなの？　それに魔力を宝物に変換して大丈夫なの？　魔力枯渇状態なんでしょ？」

わざわざ、迂遠な方法を取らなくても、と思うが、リリエルが首を横に振る。

『ただ地中の魔力を放出しても今度は、地表で魔力溜まりができたら意味がないわ。それに魔力枯渇と言っても、この星自体も魔力を生み出しているわ。その生み出す魔力の中からダンジョンの創造能力で宝物に替えたり、魔石として送り出して、徐々に拡散させるのがいいのよ』

総じて、世界の魔力総量がプラスになるように調整されているらしい。

それに、人間を鍛えるためにダンジョンが存在しているので問題ない、と言われて納得する。

人間のレベルが上がって強くなれば、魔力が増えて自然放出される魔力量も増える。

結果、この大陸の魔力量は２０００年前より徐々にではあるが増えているらしい。

『まぁ、どうしても地脈が耐えきれなくなったら、スタンピードって形で強制的に魔力を魔物に変えて調整しているのよ』

「そうなのね。それじゃあ、ダンジョンって討伐しちゃダメなの？」

『そんなことないわ。むしろ、ダンジョン最深部の核の魔石を地表に持っていくだけでも、地脈の負担が大幅に減るから推奨しているわ』

余談であるが、魔石と【魔晶石】には明確な違いが存在する。

魔力が結晶化した物体が魔石であり、水晶などの鉱物が魔力によって変質化して魔力を蓄える性質を持ったのが【魔晶石】らしい。

『あっ、そろそろ時間ね。またお話ししましょう』

「ええ、またね」

そうして、女神・リリエルとの神託は終わる。

…………

……

…

夢見の神託で女神・リリエルとそんな話をして、徐々に新たな知識を蓄える。

ダンジョンのスタンピードを待ちつつ、中々に充実した日々を過ごす私とテトは、今日もダンジョンに潜ってお金を稼ごうとギルドに訪れた。

だがその日は、ダンジョンの入口を守っているはずの兵士がギルドに駆け込んできたのだ。

「――ダンジョンの低層に本来いない魔物が集まっている！　スタンピードの予兆が発見された！」

ダンジョン都市の年に一度の風物詩であるスタンピードの始まりが告げられたのだった。

27話【スタンピード防衛戦】

「……ねぇ。スタンピードの時の動きってどうすればいいの？」

「そうだな。とりあえず、ギルドに待機するか」

スタンピードの報告を受けた冒険者ギルドは、すぐさまダンジョンの入口封鎖と冒険者の待機を命じた。

私とテトは、同じようにギルドにやってきたアルサスさんたちと待機を続けた。

「いよいよ、スタンピードだ。これを乗り越えれば、Bランク昇格も夢じゃない。二人とも緊張しているか？」

「いえ、全然？　テトは？」

「テトも魔女様と一緒なら何も怖くないのです！」

そんな私たちの返事に苦笑を浮かべるアルサスさんに、ダンジョン内でのスタンピードの対応について聞く。

幸いこの都市のダンジョンは、低層が平原型の階層をしているので、ダンジョン内の階段周辺を制圧して地上に上がる経路を塞げば、町中での迎撃をしなくて済む。

他にも過去のスタンピードの話をアルサスさんたちから聞いていると、ギルドマスターが姿を現わした。

「斥候《せっこう》からの報告で、10階層に下層の魔物が次々と現れている！　町中に出すわけにはいかない！　防衛ラインとしては、６階層で迎え撃つ！」

それから上位冒険者が、それぞれ下位の冒険者を引き連れてダンジョンに向かう。

「チセの嬢ちゃんたちは、俺たちに付いてこい！　それと他のCランク以上の冒険者も俺たちと一緒に最前線だ！」

「ええ、お願いするわ」

楽しそうなアルサスさんに私は頷《うなず》くが、他のBランク冒険者たちは私たちを気にするような視線を向けてくる。

見た目が子どもだし、女の子二人だけで心配なのだろう。

ただ、毎日ランドドラゴンを二人で討伐していたことは知っているので、見た目と実力のギャップに戸惑っているのかもしれない。

「チセとテトの嬢ちゃんはCランク冒険者だが、実力はむしろBランクを超えてるから問題ない！　それじゃあ、行くぞ！」

アルサスさんが周りにそう宣言しながら第一陣として私たちを連れて、ダンジョンに向かう。

ダンジョンの転移魔法陣に乗り、防衛ラインの6階層に転移すれば、既にこの階層より下層の魔物が次々と現れていた。

「地上に向かう階段の周囲を封鎖するぞ！　そこからは、集まってくる魔物に対して防衛だ！」

アルサスさんたち【暁の剣】が指揮を取り、それぞれに役割を振り分ける。

魔法による陣地作成と斥候による探索、目に付く魔物の排除と慣れた様子だ。

「私たちは、何をすればいいの？」

「チセの嬢ちゃんは、とりあえず待機して魔力を温存しておいてくれ。テトの嬢ちゃんは、土魔法使いたちと協力して陣地作成に当たれ！」

「分かったのです！」

そう言われたテトが他の土魔法使いたちに交ざって作業する中、待機を命じられた私は、少し辛く感じる。

「何もやることがない、って辛いわね」

「焦る必要はない。年に一度のスタンピードは、持久戦だ。三日は戦闘が続くぞ」

ダンジョンのスタンピードは、地脈に溜まった魔力の大きさによって、規模が変わる。

半日で終わるものもあれば、過去には一ヶ月も魔物を吐き出し続けて国が一つ滅んだ記録もある。

今も目に付く範囲の魔物は大体片付け終わるが、魔物たちはどんどんと下層から溢れてくる。

「ところでチセの嬢ちゃんには前に何が使えるか聞いたけど、回復魔法を使えるよな」

「ええ、そうよ」

「なら、そろそろ仕事だ！」

そう言っている間に、ダンジョンの転移魔法陣から人が集まってくる。

どうやらダンジョンに潜っている最中にスタンピードに巻き込まれ、普段よりも強い魔物と遭遇して負傷した人たちのようだ。

それに森林階層で木樵《きこり》を生業《なりわい》とする元冒険者たちも怪我人として運び込まれてくる。

「さぁ、最初の仕事だ、行ってこい！」

「ええ、行ってくる」

そう言う私は、怪我人の寝かされている場所に向かう。

応急処置をしているが血が滲《にじ》んでいたり、腕が取れ掛かった人もいる。

「大丈夫よ。すぐに治るわ。――《エリアヒール》！」

集められた人に対して、範囲の回復魔法を使う。

流石に一回では完全に治らなかった人や魔物から毒を受けた人に対しては、個別で回復魔法を使って治療していく。

「これで終わりよ」

「助かった！　治療してくれてありがとうな！」

治った人から順番に、軽い会釈と共にお礼を言われ、人々はダンジョンから脱出していく。

そんな彼らを全員見送ったところで、その様子を見ていたアルサスさんがやってきた。

「怪我人の治療が終わったわ。次は何をすればいい？」

「チセの嬢ちゃん、やり過ぎだ」

「えっ？」

私が次の仕事の指示をもらおうと尋ねるが、こめかみに指を押し当てたアルサスさんにそう言われる。

「彼らは、戦闘員じゃない。完全に治療するより、歩いて帰れる範囲まで治療して地上に送り返せばいいんだ。魔力は有限だからな」

「そうだったの。辛そうだったから、つい……」

この冬場の間に魔力量が２万を越えたが、確かに魔力は有限であり、スタンピードの防衛は長期戦である。

怪我人の優先順位と治療度合いを決めなければいけない……と考えると少し辛い。

「あー、まぁ、次から気をつければいい。それより、魔力は大丈夫か？」

「まだ平気よ。１割切ったら、休憩に入るわ」

回復魔法を使ったと言っても、前世の人体構造の知識によって消費魔力が大分抑えられているために、それほど魔力を消費した感じはない。

「あれだけ治療して余裕あるってマジか……分かった。それじゃあ、次は――」

スタンピード防衛戦が始まって5時間が経過した。

その間、徐々に現れる下層の魔物に冒険者たちが対処する中、私は土魔法で作られた簡易砦の壁の上に立ち、魔法を放つ。

「――《ウィンド・カッター》」

杖を横に振るい、無数の風刃が簡易砦に近づく魔物たちを一掃していく。

「ふぅ……そろそろ休憩に入るわ」

「ええ、後は任せて！ ――《バースト・フレア》！」

「行きなさい！ ――《エレメント・アロー》」

同じ女魔法使いであるレナさんや、精霊魔法使いでエルフのラフィリアが、集まってくる魔物に対して爆炎と精霊魔法の矢の雨を叩き込む。

魔力量は私の方が上だが、こうした戦闘での魔法の運用は二人の方が無駄がない。

「こうした防衛戦だからかな？ 慣れないのは疲れるわ」

私は、膝を抱えるようにして、瞑想《めいそう》して魔力回復に努める。

他にも同じように休憩する冒険者たちは、地上で作られて転移魔法陣によって運び込まれてくる食事を食べていた。

後衛の私は、激しく動き回ることがないためにそれほどお腹は空かないが、疲労を癒やすためにマジックバッグから孤児院の子どもたちと作ったクッキーを取り出して食べる。

疲れた体に素朴で甘いクッキーの味が美味しい。

また、他の冒険者たちにもクッキーを分ければ、美味しそうに食べてくれる。

殺伐としたスタンピードの防衛の中で甘味を食べられるのが嬉しいのか、みんなの気力の回復に一役買ってくれた。

そして、地上からダンジョンに運び込まれる物資の中には、冒険者全体に対する支給物から個別の物まで運び込まれてくる。

「チセちゃん！　ちょっといいかしら？」

「レナさん、どうしたんですか？」

魔法を打ち切ったレナさんが、私と同じように休憩のために交代しに来たようだ。

その手には、小さな荷物と手紙が運ばれていた。

「チセちゃんとテトちゃん宛てに、孤児院の子どもたちから物資が届いているわよ」

「何かな……あっ、マナポーション」

孤児院で作った紙に書かれた手紙には、『チセ姉ぇちゃん頑張れ』の文字と共に、ダン少年たちが作った魔力回復のマナポーションがあった。

「良かったわね。孤児院からの差し入れなんて」

「ふふっ、そうですね。レナさんは、私が持ってるクッキーとマナポーション要りますか？」

「えっ、いいの⁉」

「私には、子どもたちが作ったやつがありますからね」

そう言ってレナさんには、孤児院のクッキーと私の高品質のマナポーションを渡して、私は魔力回復のために子どもたちが作った低品質のマナポーションを飲む。

「チセちゃんが自作したマナポーションって、品質良くて飲みやすいわよね。あとで、ラフィリアにも分けていい？」

「ええ、いいですよ。同じスタンピード防衛の仲間ですから、どんどん使ってください」

「ありがとう、チセちゃん。それで、孤児院のやつはどう？」

「味は不味いし、魔力回復量が多くないわ。低品質で、まだまだ練習が足りないわね……でも、嬉しいかな」

スタンピード発生中の現在なら、低品質のマナポーションでも冒険者ギルドに売れば、そこそこのお金になるのに、わざわざお金にもならない私に差し入れしてくれるのだ。

もう少し打算的に生きてもいいと思う反面、心が温かくなる。

そして、スタンピードが始まり大分経ち――

「そう言えば、テトは……」

地上に上がる階段を守るために陣地作成に加わっていたテトは、その後、簡易砦の壁の外に出て魔物との近接戦に打って出ていた。

それに、私や他の魔法使いたちが倒した魔物のドロップアイテムも、ダンジョンに取り込まれて消えてしまう前に集めていた。

「魔女様～！　沢山集まったのです！」

「ありがとう、テト。けど、テトも休憩しよう。先は長いから」

「もう少しやったら休憩するのです！」

そう言って、興奮状態で張り切っているように見えるテトに、スタンピード慣れしている他の冒険者たちは、苦笑を浮かべている。

ペース配分を間違えているな、と。

だが、時間が経てども、テトの勢いは衰《おとろ》えない。

初日はDランク以下の魔物が数多くいたが、翌日にはCランク帯の魔物も交ざり始めた。

そうなってくると、魔法使いの範囲魔法の一撃では倒せなくなり、冒険者たちが壁の外に出て戦うようになる。

Bランク以上の冒険者たちは、的確に魔物の急所を狙って、少ない手数で倒していく。

そんな中に、私とテトも飛び込んでいく。

「――《サンダー・アロー》！」

「それじゃあ、行くのです！」

風刃では外皮で止められることが多くなり、威力の高い雷魔法に切り替え、テトもより速度を上げて魔物を斬り捨てていく。

「すげぇ、あの子たちまだ若いのに、Bランクのやつらに引けを取らない働きしてるぞ」

「最近、ランドドラゴンの素材をギルドに持ち込んでいたのはあの子たちだし、魔力量から言えば、二人とも宮廷魔術師クラスの魔力はあるんじゃないか？」

「それだけじゃ無くて、この町の孤児院に寄付して子どもたちに仕事を与えたって話だぞ。本当に何者なんだ？」

この辺りから戦闘で負傷する冒険者が出始め、後方に下がって治療を受ける人たちからそんな会話が聞こえ始めた。

それらの会話を無視して、目に見える範囲の魔物を淡々と倒していく。

「そろそろ休め。このダンジョンのスタンピードは、Bランク帯の魔物で打ち止めだ。その前にへばられると他の冒険者たちの負担が増える」

「分かった、休憩させてもらうわ」

最後の詰めの時に、不調だったら不味いと思い、用意された休憩スペースで休む。

一日目と二日目の疲れが出たのか、気付かぬうちにテトに抱き締められるように眠っていたようだ。

28話【聖剣《暁天の剣》】

目が覚めると、ダンジョンのスタンピードが三日目に突入していた。

ダンジョンの奥から現れる魔物には、Bランク帯の魔物が交じり始めるが、最初の頃のような数の勢いは無くなってきた。

私たちが見慣れたランドドラゴンを始め、古い資料で到達したとされる25階層以降の魔物が姿を現わす。

そんなBランク帯の魔物に対して、複数のCランクパーティーが組んで一体を相手にし、Bランクパーティーが一体ずつ受け持つ。

そしてテトは、単独でBランクの魔物を相手にし、私はCランクパーティーのフォローに入る。

「行くわよ。――《サイコキネシス》《ハードシュート》！」

飛翔魔法で空を飛び、マジックバッグからヒュドラを切断した時に使って分割して回収した鉄の刃を、念動魔法と硬化魔法を組み合わせて射出した。

鉄の刃に貫かれた魔物は、地面に縫い付けられ、満足に身動きが取れない。

そんな動きを封じられたBランク魔物の止めをCランク冒険者たちに譲り、経験値の獲得によるレベルアップの戦力底上げを狙う。

そして、次の魔物に対して同じように鉄の刃を発射し、魔物の侵攻を遅らせると共にCランク冒険者たちが安全に狩れるようにサポートする。

「さて、この魔物は初めてね」

ランドドラゴンよりも若干強力な亜竜系魔物の一団は、多分25階層以降に出現するBランクでも上位に位置する魔物だろう。

そんな魔物を鉄の刃で貫き地面に縫い付けるが、他の魔物よりも力が強いために、強引に引き抜いて進もうとする。

「――《グラビティ》」

しかし加重の魔法で抜け掛けた鉄の刃が地面に押し込められ、再び相手を地面に縫い付けた。

「また動かれると面倒だし、私がやろう。――《サンダー・ボルト》！」

その魔物の頭上に雷が落ち、周囲に激しい光が照らされる。

通常なら体表に魔力を覆って雷撃を軽減できるだろうが、貫通した鉄の刃に電流が通り、体内から破壊していく。

そして雷撃が収まった後には、地面に突き立つ雷で赤熱した鉄の刃と魔物がドロップした魔石と素材が落ちていた。

「チセの嬢ちゃん。そろそろ終わりが近いから、もう一踏ん張りだ」

流石、Aランク冒険者のアルサスさんたちも次々と魔物を打ち倒している。

そして、最後のBランク魔物の亜竜の一団を倒して、周囲から魔物がいなくなった。

「これで終わりかしら……」

後は数日ダンジョンから新たな魔物が上がらずに、各階層で適切な魔物が誕生していることが確認されれば、スタンピードの終息となる。

スタンピードが終わって魔物のいない平原階層を飛翔魔法で浮かんだまま、ぼんやりと眺めていると、7階層の階段の方向から、新たな魔物がこの階層にやってきたのに気付く。

「アルサスさん！」

「ああ、分かってる！　まさか、現れたのか、それも他の魔物よりも強い！」

このダンジョンのスタンピードで現れる魔物は、Bランクまでだと言われている。

その中で現れたあの魔物は、Aランクの魔物だろう。

私が以前倒した五つ首のヒュドラに比べれば体は小さいが、その分強力な能力を持っているかもしれない。

「あいつはヤバイな。Cランクはすぐに退避しろ！　Bランクの奴らは、【身体強化】を全力で張って防御を固めろ！　下手したら、一瞬の間に首と胴体がおさらばするぞ！」

先頭に立つアルサスさんが指示を下し、アルサスさんたち【暁の剣】とBランクの冒険者たちが中心となって、黒光りする甲殻と鎌を持つ昆虫型魔物――デスサイズ・マンティスと対峙《たいじ》を始める。

「嬢ちゃんたちも地上に逃げろ！　俺たちは、スタンピードが終わるまで耐える！　運が良ければ、こいつはダンジョン奥に戻るかもしれない！」

「いえ、私とテトも残るわ。戦力は、少しでも多い方がいいでしょう？」

既に数日間のスタンピード防衛戦で、スタンピード慣れしている上位の冒険者はまだ少し余裕を残しているが、Cランク冒険者たちは精魂尽き果てていた。

そのためにCランク冒険者への撤退の指示を下したようだが、私とテトはまだまだ余力を残している。

それに、運が良ければ地上に上がらないと言うことは、運が悪ければ地上に放たれることになる。

地上には、神父様や孤児院の子どもたちがいるのだ。

絶対に、ダンジョン内で全てを終わらせる。

「分かった。それじゃあ、行くぞ！」

こちらの方針が決まった直後、逆三角の頭に無機質な瞳、人の倍以上の大きさのデスサイズ・マンティスが羽を広げて、地面を滑るように迫ってきた。

「テト、防ぐわよ！」

「了解なのです！」

『――《アース・プリズン》！』

平原に降り立った私は、テトと共に地面を操作して、デスサイズ・マンティスの突撃を止めようと二重、三重の石檻を作り出す。

魔法の石檻は、魔力で強化されているためにタダの檻《おり》よりも強度が高い。

だが、デスサイズ・マンティスが両手の鎌で、まるで抵抗もなく斬り裂いていく。

「本当に足止め程度ね。けど――」

魔法使いのレナさんや弓矢を構えるエルフのラフィリアたちの遠距離攻撃が、デスサイズ・マンティスに殺到する。

魔法の余波で視界を遮られるが、魔力感知を続ければ、デスサイズ・マンティスの体を覆う魔力が減っているのが感じられた。

「来る！」

「次は、俺だぁぁっ！」

魔法の余波を斬り裂き、デスサイズ・マンティスは止まらない。

上位冒険者の集中砲火を受けた結果、片方の羽が落ちているが、それでも戦闘する意志は衰《おとろ》えていない。

そして、アルサスさんの剣とデスサイズ・マンティスの鎌が打ち合いをする。

「凄い……これがAランク冒険者」

目に魔力を集中させて両者の魔力の動きを追う。

アルサスさんの魔力総量は、テトほど多くない。

だが、随所に魔力を動かして消費を抑え、更に纏っている【身体強化】の魔力の密度が私やテトの物より濃く感じる。

そのために、風の魔力を纏った恐ろしい鋭さのデスサイズ・マンティスの鎌とも打ち合うことができているのだ。

それでも紙一重の攻防には、神経をすり減らしているようだ。

手数で攻めるデスサイズ・マンティスに対して、アルサスさんが徐々に押され、現在はかろうじて防いでいるが、攻撃に転じられない。

アルサスさんが引きつけている間に、他の冒険者たちも隙を見て側面からデスサイズ・マンティスに攻撃を加えるが、硬い甲殻に阻まれて有効打を与えられない。

また、デスサイズ・マンティスとアルサスさんとの距離が近すぎるために、高威力の攻撃を放てないのも有効打を与えられない理由の一つだ。

「いきなさい。――《レーザー》！」

「はぁぁぁっ！　なのです！」

そんな中、唯一私の収束光線とテトの斬撃がデスサイズ・マンティスの甲殻を砕き、ダメージを与えている。

「このまま行けば――っ⁉」

何度もデスサイズ・マンティスとの打ち合いを繰り返すアルサスさんは、デスサイズ・マンティスの両手の鎌に魔力が集まるのを感じ、咄嗟《とっさ》に引いた。

そして、振り抜かれた攻撃を紙一重で躱《かわ》すアルサスさんだが、武器である魔剣が両断されてしまった。

「っ⁉　しまった……！」

「テト、アルサスさんのポジションに入って！」

「分かったのです！」

テトがデスサイズ・マンティスの攻撃を防ぐために割り込み、武器の魔剣が半ばから断ち切られたアルサスさんが呆然としながらそれを見つめていた。

「アルサス、大丈夫⁉」

「……俺の魔剣が、折られた」

彼の仲間たちが心配するが、アルサスさんは疲労と武器の破損に動揺していた。

スタンピード防衛の精神的支柱であるAランクパーティー【暁の剣】のアルサスと、その武器である魔剣が折れたのだ。

その動揺が他のBランク冒険者たちにも広がるが、すぐさま正気に戻ったアルサスさんは、指示を下す。

「もう俺には攻撃手段がない！　通じるのは魔法使いの攻撃だけだ！　ここは一旦引いてまた遠距離から魔法で仕留める！　冒険者たちは、一階層ずつ引いて、そこで魔法使いたちの一斉攻撃を準備しろ！」

その指示で残った冒険者たちが少しずつ引く中、現在唯一デスサイズ・マンティスを足止めできるテトが残っているために、私も残った。

「さて、チセの嬢ちゃんもテトの嬢ちゃんと一緒に引け。俺は、少しでも時間を稼ぐ」

「ちょっと、愛用の魔剣が無くなったのに、予備の剣で何とかなるわけないじゃない！」

アルサスさんの決意に対して、レナさんが抗議する。

「じゃあ、テトの嬢ちゃんに任せて、俺たちも引けってのか？　まだ先がある彼女たちに任せてAランク冒険者の俺がか⁉　ここは俺が死ぬ気で時間を稼ぐ！」

何やら悲壮な覚悟を決めているアルサスさん。

その間にもテトとデスサイズ・マンティスは打ち合いを続けており、再びあの魔力の高まりによる鎌の振り抜きで、テトの魔剣も折られてしまう。

「お、おおっ？　おりょ？」

そして、アルサスさんを仕留められなかった時のことを学習したのか、二撃目の振り抜きで、膨大な魔力で【身体強化】していたテトの体を胴体から両断する。

アルサスさんほど密度の濃くないテトの【身体強化】では、デスサイズ・マンティスの魔力の籠った斬撃を防げなかったようだ。

「くっ、俺の決断が遅いからテトの嬢ちゃんを……」

「ねぇ、アルサスさん。武器があれば、アイツを倒せる？」

私は、淡々とした口調で尋ねる。

悲壮な覚悟で挑むアルサスさんを前に、私がウォーター・ヒュドラを倒した時と同じように圧倒的な魔力量による【創造魔法】の暴威で消し飛ばすのは簡単だろう。

だが、男の人にはプライドがある。

ならば、それを立ててやりたくもなる。

「チセの嬢ちゃん、何を言ってるんだ？」

「答えて。武器があれば、勝てるの？」

アルサスさんは、訝《いぶか》しげにこちらを見返す。

相棒のテトが倒されたことで私が狂った訳でもないと気付いたアルサスさんは、力強く頷《うなず》く。

「ああ、勝てる。いや、勝ってテトの嬢ちゃんの仇を取る！」

「それじゃあ、特別にいい剣を創ってあげるわ。――《クリエイション》！」

結局、コツコツと貯め込んだ【魔晶石】は、また大きな物を創る時に一度に使ってしまう。

前回の巨大ギロチンを創り出すのに10万魔力使ったが、今回はその三倍の30万魔力で【創造魔法】を行使する。

マジックバッグからバラ撒くように取り出した【魔晶石】から膨大な魔力の光が溢れ、寄り集まり、夜明けのような金色の光へと変わっていく。

膨大な魔力を感じ取ったデスサイズ・マンティスは、怯むように後退る中、一本の神々しい剣が完成した。

「――【暁天の剣】ってところかしらね」

この剣の能力は――【不壊】【身体能力増強】【光刃生成】だ。

まさに夜明け――【暁の剣】に相応《ふさわ》しい魔法武器となった。

「はい。これで子どもたちを助ける時に、手伝ってくれた借りは返せたわね」

「何だ、この剣……ああ、もう分かんねぇ！　けど――」

私から渡された【暁天の剣】を手に取った瞬間に、それが以前の魔剣とは比べものにならないほど強力なものだと気付く。

「ああ、やるぜ、やってやる！　うぉぉぉぉぉっ！」

そうして【暁天の剣】を構えて、聖職者の仲間に補助魔法の《ブレス》を掛けてもらい、デスサイズ・マンティスに斬り掛かる。

先程までは防戦一方だったが、【暁天の剣】の恩恵で高まった【身体強化】で先手を取り、魔力を通したことで生まれる光刃が甲殻を焼き切るように両断する。

「これで、終わりだ！」

呆気ないほどデスサイズ・マンティスの両手の鎌を斬り落とし、そして胴体を両断する。

それでも生きているデスサイズ・マンティスの頭部に向かって剣を突き立て、光の刃で頭部を焼き切る。

これにてダンジョン都市のスタンピードが終息し、Ａランクパーティー【暁の剣】は、聖剣――【暁天の剣】を手に入れたのだった。

29話【スタンピード終息】

「チセの嬢ちゃん。色々と言いたいことはあるけど、ありがとう。それとテトの嬢ちゃんを死なせちまって悪かった」

「ああ、そのことね。テト、いい加減に起きなさい」

「はいなのです！」

「うぉっ⁉　い、生きてる⁉」

上半身と下半身を両断されたテトだが、倒れた地面から元気よく返事をして、体を再生させて繋ぎ直す。

「切られたのに、血も出てないし、生きてる！　まさか、アンデッド⁉」

「違うわ。まぁ、詳しい話をするから休みましょう」

私たちは、６階層に築かれた防衛拠点に戻り、そこから新たな魔物が上がってこないか監視しながら、事情を説明する。

「はぁ……チセの嬢ちゃんが【創造魔法】ってユニークスキル持ちで、テトの嬢ちゃんは、ゴーレムだったのか……信じらんねぇ」

「信じてくれなくてもいいけど、黙っててね」

「むしろ、言えねぇよ！」

アルサスさんに渡した魔剣がどのように生まれたのか。

そしてテトは、ゴーレムが自我を失った精霊を取り込んだことで生まれた新種族であり、両断された程度では死なず、体の一部を土に戻してみせた。

全員信じられないようにしつつも、定義的に魔族と呼ばれるテトの存在に警戒する。

だが、私を膝に抱えて『魔女様成分の補充なのです～』なんて言っている様子に毒気が抜かれたようだ。

「それにしても【創造魔法】かぁ。さっきみたいに魔法武器とか貴金属を生み出せるって考えると、色んな奴らに狙われそうだな」

私の【創造魔法】は、悪意を持って使えば、様々なものを破壊できる。

お金を過剰に創り出せば、貨幣価値は崩壊する。

食べ物を過剰に創り出して、市場に大量に流通させれば、一次産業は大打撃を受ける。

【スキルオーブ】や魔法武器を創造して兵士に与えれば、短期間で強力な軍隊を作れる。

だから、【創造魔法】の使用には、人間の良心が問われると思う。

下手にその存在を知られれば、碌《ろく》な結末にはならないだろう。

それに魔力が多ければ、寿命が延びやすい世界だ。

死ぬまでと言うのが、数十年ではなく数百年、もしくはそれ以上の可能性もある。

「けど、いいのか？　俺にこんな凄い剣を渡して」

「他の冒険者を守ろうとするアルサスさんなら、渡してもいいかなと思って。それと子どもたちの誘拐事件の時のお礼よ」

「そう言ってもらえると、光栄だな」

そうして私たちは、倒したデスサイズ・マンティスのドロップについて話し合った。

結果的にアルサスさんが倒したことになるが、私が創り出した魔剣とテトの時間稼ぎのお陰で討伐できたことも事実だ。

私たちは、デスサイズ・マンティスのドロップした素材について相談し、最終的に――

「よし、素材はチセの嬢ちゃんたちが持っていけ！　筋書きは、俺たちとチセの嬢ちゃんたちが共闘してデスサイズ・マンティスの討伐を果たした！　その功績でBランクに昇格だ！」

「それじゃあ、貰いすぎじゃない？」

「アホか！　俺の折られた魔剣が大金貨20枚の価値があるのに、それ以上の性能の不壊の魔剣。いや、こいつは聖剣だ！　国宝級の聖剣だぞ！　そんなものとAランク魔物の素材程度じゃ、釣り合わねぇぞ！」

そうして私たちは、5階層でデスサイズ・マンティスを迎え撃つために引いていた冒険者たちが様子見のために戻ってきたところで、筋書きの話をした。

それから三日間、私たちは6階層を拠点として各階層の確認を行う。

私は、各階層が正常化しているかの確認は、このダンジョンの探索歴が短いからと免除され、防衛拠点で様々な雑事を手伝った。

そして、3日間の戦闘と3日間の調査によるダンジョンの正常化が確認され、7日目に私たちはダンジョンから帰還することができた。

「大変なのね。ダンジョンのスタンピードの対応って」

「まぁ、年に一度の行事みたいなもんだ。俺は、もうこれで7回目で慣れたが、世の中には、管理されてねぇダンジョンからの被害もあるからな」

そう言って、しみじみと呟《つぶや》くアルサスさんは、腰に吊るした聖剣を撫でる。

魔剣が折られたことは知られていたが、新たな聖剣の存在には、大勢の冒険者から注目を集めていた。

それは、私がダンジョンで見つけた所有者を選ぶ聖剣であり、デスサイズ・マンティスに魔剣を折られたアルサスさんに渡したところ、所有者に選ばれたという話で決まった。

無論、所有者資格は、アルサスさんのような人々のための清い心の持ち主になるように、制限が掛かっている。

ギルドに帰り、スタンピード中に集めたアイテムなどの扱いについては冒険者に任されるが、後日スタンピードの対応に参加した冒険者への報酬が約束された。

そして、多くの冒険者たちから私とテトのスタンピードの対応が確認され、Bランク冒険者と遜色ない働きをしたことが確かめられた。

最後の最後までデスサイズ・マンティスと対峙《たいじ》したために、テトと共にBランクの昇格が決まった。

「無事に、スタンピードを乗り越えたことを祝して」

『『『――カンパーイ！』』』

誰一人亡くなることなく冒険者たちがスタンピード終息を祝し、酒場で盛大に酒杯を掲げる。

そんな宴会に私とテトも連れ出され、隅に座るようにしてご飯を食べていた。

「あははっ！　魔女様～、この飲み物ふわふわしておいしいのれす～」

「テト、お酒飲んじゃったの？　こっち来て、お水飲んで」

「ふへへっ、魔女様が三人なのれす～。幸せなのれす～」

ゴーレムなのに酔うのか、とかダンジョンの毒ガスなどは利かないのに酒で酔うのか、とか色々ツッコミを入れたいのを抑えて、酔っ払ったテトを介抱しつつ、私たちは休んでいる。

「よぉ、スタンピードの終息とBランク昇格、おめでとさん。その歳《とし》でBランクに上がるなんて、すげぇよ」

「ありがとう。お酒は飲めないけど、乾杯」

ジュースの注がれたコップをカツンと打ち合わせると、お酒が入って陽気になっているアルサスさんが話しかけてくる。

「二人は、この後どうするんだ？　ずっとダンジョンの攻略を目指すのか？」

そう聞かれて、私は考えていたことを伝える。

「そうね。生まれ故郷を見つけたからテトを連れて、行こうかと思うわ」

「生まれ故郷？」

酔い潰れて眠ったテトの頭を私の太ももの上に乗せて、その髪を優しく梳《す》きながら話す。

「気付かずに通り過ぎた目的地でもあったからね。一度、そこを目指そうかと思ってね」

私とテトが生きやすい場所と思った【虚無の荒野】は、最初に転生させられた場所だった。

「嬢ちゃんは、生まれ故郷に帰ったら何するんだ？」

「そうね。誰の土地でもないから、開拓とか整備して自分の土地にしたいわ」

「若いのに、もう腰を据えるのか？」

「いつだって帰る場所があると安心するものよ」

そんなものか？　と首を傾げるアルサスさん。

「まぁ、嬢ちゃんたちの魔法は凄いからすぐに住み心地のいい場所になるかもな！」

私の【創造魔法】を知っているアルサスさんの言葉に私は、ただ苦笑を浮かべる。

そして、夜も更けて酔っ払いの冒険者も前後不覚になる前に、テトを連れて退散することにした。

「それじゃあ、私は帰るわ。」

「むにゃむにゃ……粘土はオヤツに入る、のですか？」

どんな寝言だ、と笑いが漏れる中、闇魔法の《サイコキネシス》でテトの重量を軽くして空中に浮かべて運び、アパートに帰ってテトをベッドに降ろす。

「ずっとダンジョンにいたから埃《ほこり》っぽい」

私は、賃貸アパートのお風呂を借りて、そこで一人でお風呂に入ってからテトを先に寝かせたベッドにそっと入り、怒濤《どとう》の一週間を終えるのだった。


余談であるが翌朝、ギルドを訪れると――

「み、みずぅ……死ぬぅ……」

「あー、大変そうね」

スタンピードの終息を祝って夜通し酒場で飲み食いしていたのか、二日酔いで死屍累々となっている冒険者たちを見つけた。

「酒なんて、もう二度と飲まねぇ……」

そう言っているのは、アルサスさんだったが、多分また飲むのだろう、と容易に想像できた。

30話【さらば、ダンジョン都市】

スタンピードの終息から数日後、新しく更新されたギルドカードを受け取りにギルドを訪れる。

「チセさん、テトさん。Bランクの昇格、おめでとうございます。こちらが新しいギルドカードになります」

「ありがとうございます」

「ありがとうなのです！」

私とテトは、Bランクになったギルドカードとスタンピード対応の報酬、そして素材の売却での金銭を受け取る。

7日間の報酬と素材の売却は、一人当たり大金貨10枚とこれまでで一番の稼ぎである。

本当は、魔石も売却すればもっと行くが、魔石は手元に残してある。

「報酬は、ギルドカードに付けてください。私とテトは、この町での目的を果たしたので、そろそろ出ようと思います」

「そう、ですか。もうじき、冬も終わりますもんね。ダンジョンでの稼ぎ頭がいなくなって寂しくなります。ですがお二人なら、どこでも活躍できると思います。頑張ってください」

そうした挨拶をもらった私とテトは、次に教会に向かう。

「神父様。Ｂランクに上がりましたので、近日中にこの町を発とうと思います」

「そうですか、寂しくなりますね」

以前から流れの冒険者なので、いつか旅立つことを伝えていたが、お別れの挨拶をすると、神父様は納得しながらも寂しそうにしていた。

ただ、孤児院の子どもたちにも説明したら、かなり引き留められた。

力では容易に振り切れるのに、振り切れなかった私たちは、大人しく今日は、孤児院に泊まって子どもたちとの交流を深めた。

ただその日は、一番親しかったダン少年の様子がおかしかった。

そして、翌日――冬の間借りていた賃貸アパートを解約し、その足で本屋に行って様々な本を買い集めてからダンジョン都市を出て行こうとする。

ただ、ダンジョン都市の出入口には、孤児院のダン少年が待ち構えていた。

「……チセ姉ぇ、本当に行っちゃうのか？」

「ダン少年、見送りに来たの？」

私よりも年下の少年は、俯《うつむ》き気味に頷《うなず》く。

「チセ姉ぇには感謝してる！　みんな感謝してるんだ！　俺たちに仕事とお金を稼ぐ手段を教えてくれて、攫《さら》われた時も真っ先に助けに来てくれた！」

「もう感謝は、十分もらっているわ」

そう言うと、俯き気味のダン少年は、耳まで真っ赤にして顔を上げる。

「感謝してる。感謝しているけど、それと同じくらいチセ姉ぇに憧れてるし、好きなんだ！　色々教えてもらったり、一緒にいると楽しかった！　だから、この町に、孤児院に残ってくれよ！」

「ありがとう。素敵な告白ね」

「じゃあ――」

顔を赤く、目元を潤ませる少年ってのは、中々庇護欲をそそるが――

「残念だけど、ダン少年の気持ちに応える気はないわ。だって私には、目的があるんだもの」

「そんな……」

「私も孤児院の子どもたちと触れ合えて楽しかったわ。それにダン少年のことは、弟みたいで好きよ。けど私は、悪い魔女だからね。今度は、こんな悪い女に惚れちゃダメよ」

そう言って、ダン少年の額を軽く指先で小突くと、泣きそうな顔を見せまいと服の袖で乱暴に目元を拭う。

「チセ姉ぇのバーカ！　いい男になって！　立派な調合師になって！　お金も一杯稼いで！　それで絶対に後悔させてやるからな！」

「ええ、私が後悔するくらいの素敵な大人になってね」

そう言って、私は見送りに来てくれたダン少年が孤児院の方に駆け出すのを見つめる。

「魔女様は、罪な女なのです。幼気《いたいけ》な少年の初恋を苦いものに変えたのです」

「テト？　いつそんな言葉を覚えたのよ」

「孤児院の子どもたちとギルドのお姉さんたちなのです」

私は、テトにしゃがむように指示して、そのホッペを軽くふにふにと揉《も》む。

「魔女様、満足したのですか？」

「ありがとう、落ち着いた。さて、【虚無の荒野】を改めて目指しましょうか！」

「はいなのです。どこまでも付いて行くのです！」

私はテトと共に、これまでの旅路を逆走するようにダンジョン都市を旅立って【虚無の荒野】を目指すのだった。

魔力チートな魔女になりました
a Witch with Magical Cheat
創造魔法で気ままな異世界生活

Extra

番外編【十七年後のダンジョン都市】

ダンジョン都市・アパネミスを旅立って、十七年。

再び足を踏み入れた私とテトは、魔女の三角帽子のつばをズラして城壁を見上げる。

「懐かしいわね。雰囲気はあまり変わっていないみたい」

城門の列に並び、城壁周辺の平原で薬草採取をしている子どもたちの集団を見つけた。

一人の青年が引率して、子どもたちが薬草を探しているようだ。

「孤児院の子どもかな？　ちゃんと引き継がれているみたいね」

「それなら、嬉しいのです！」

そんな光景を眺めていると私たちの順番がやってきて、ダンジョン都市に入ることができた。

「変わってないようで、変わっているのね」

冒険者ギルドまでの道のりを歩いて行けば、昔と変わらずに冒険者向けの屋台が立ち並ぶ。

屋台の食べ物の種類はあまり変わらないが、店主たちの顔ぶれは歳《とし》を取り、世代交代で変わっていた。

中には、このダンジョン都市で作られた植物紙を包み紙や紙袋にした物をお客さんに手渡している。

「子どものオヤツ、ダンジョン探索の休憩時、旅のお供に教会印のクッキーはいかがですか！」

「クッキーを10枚、頂ける？」

「はい！　ありがとうございます！」

私とテトは、教会が孤児たちの自立支援のために出店している屋台でクッキーを紙袋に入れてもらって、それを食べながら町を見て回る。

「こっちの区画は、本当に変わったわねぇ」

ダンジョン都市を見上げると、工房などが建ち並ぶ職人街では、大量の煙が上がっている。

上がっている煙には、煤や煙っぽい香りがしないので水蒸気だろう。

ダンジョン都市では、ダンジョンの森林階層から採れる木材を使った製紙産業が発展してきた。

だが、木材をドロドロに溶かす魔法薬を作るのに水を使い、残った植物繊維を漉《す》くのにも水を使う。

一度に増えた水需要を満たすだけの良質な水源がダンジョン都市の近くになく、引き込むだけの治水工事もできなかった。

そこでこのダンジョン都市の領主様は、水生成の魔導具を作り上げて職人街に水を供給した。

更に、重要な輸出品の紙の原料である木材は、薪の燃料以上に需要が高くなった。

そこでどの製紙工房にも加熱魔導具を導入して薪の節約などを行い、ここ十数年で魔導具が普及して都市生活の利便性が高まったそうだ。

「でも、まさか私が提供したウォーター・ヒュドラの魔石が使われたなんてねぇ」

「人生って何が起こるか、分からないのです」

孤児院救済を認めさせるために、冒険者ギルドに提供したウォーター・ヒュドラの魔石は、その後ダンジョン都市の領主様の下に渡り、水生成の魔導具が作られた。

水生成の魔導具は、半永久的に使えるように作られたものらしい。

魔石を投入すれば、水が生み出されるらしく、ダンジョン上層の雑魚魔物の魔石にも価値が生まれた。

「水生成の魔導具は、魔石の魔力使用効率がそこそこだから、変換できなかった魔力が空気中に拡散するのは、神々の都合としては良かったわね」

私は、そう呟《つぶや》きながら、目元に魔力を通してダンジョン都市を見渡せば、この都市を中心に魔力が緩やかに拡散している。

変換できなかった魔力は、水や空気中に溶けて、水や風の流れで広がっている。

魔力が含まれた水は、ポーションや製紙に使われて質のいい物が作られ、そうした水が地中に広がり、周辺の作物の実りが少しずつ良くなる。

「魔力が多すぎると魔力溜まりができるけど、今はそんな様子は無いわね」

周辺地域の魔力が薄く、そちらの方に拡散し続けているので、魔物の心配はなさそうだ。

そして、冒険者ギルドに立ち寄れば、訓練所の方から声が聞こえる。

「お前ら！　そんなことじゃ、ダンジョンのスタンピードは防げないぞ！」

『『『――は、はい！』』』

ダンジョンを中心に稼ぐ若手の冒険者たちは、一人の男性に総掛かりで挑んでいる。

その男性は、三十代前半と言えるほど若々しく見えるが実年齢は四十歳を超えている。

全盛期を越えて衰《おとろ》えるだけであるが、長い冒険者生活の経験から【身体強化】による魔力の扱いに長《た》け、若手の冒険者たちを打ち倒していく。

「よし、休憩だ！　――次！」

そう言って、次の冒険者のグループを相手に稽古を付けていく姿は、かつてこのギルドの訓練所に通っていたテトを思い出す。

その男性冒険者は、今では歳を理由に冒険者を半引退したが、ギルド職員として後進の育成を頑張っている。

古都アパネミスのダンジョンの最深部に到達して、ダンジョンコアを確認したダンジョン都市の英雄的な冒険者。

経済と産業的な理由でアパネミスのダンジョンは残されたが、近隣に発生した全20階層のダンジョンを攻略、Ａランクの討伐依頼の達成など、数々の偉業を残した冒険者パーティー【暁の剣】のリーダー。

「アルサスさん、俺たちにもその聖剣を振らせてくださいよ！」

「おい、馬鹿！　止めろよ、失礼だろ！　それにお前には無理だ！」

「この剣か？　いいぞ、振れたらな」

鍛錬を受けていた冒険者の一人がそんなお願いをして、仲間の冒険者から止められるが、当のアルサスさんは面白そうに聖剣【暁天の剣】を鞘ごと腰から外して差し出す。

「へへっ！　これで俺も聖剣使い……って、あれ？」

「馬鹿、だから言っただろ」

渡された【暁天の剣】を鞘から引き抜こうとするが、引き抜けず、顔を真っ赤にして力一杯に引き抜こうとする。

他にも何人もの冒険者が自分もと挑戦するが、誰一人として【暁天の剣】を抜くことはできなかった。

「あはははっ、残念だったな。そいつに持ち主って認められなかったんだな」

そう言って大笑いするアルサスさんを呆れるように見つめながら、私たちは近づく。

「あんまり、聖剣で遊んでいると、剣が機嫌を損ねるわよ」

「それと、テトと一戦打ち合って欲しいのです！」

「お、おおっ!?　チセの嬢ちゃんにテトの嬢ちゃんじゃねぇか！」

驚いて冒険者から【暁天の剣】を返してもらったアルサスさんは、私たちに近づき、挨拶を交わす。

「何年か前に王都で二人に会ったってラフィリアから聞いたけど、今はどうしてるんだ？」

「隣のガルド獣人国で主に活動しているわ。今回は、私用でこの国に来たからそのついでにね」

軽く私たちの近状を話し合っていると、訓練所から新たな知り合いがやってくる。

「――アルサス、お弁当よ」

『『パパー！』』

訓練所の反対側から現れたのは、【暁の剣】の魔法使いのレナさんだ。

昔来ていた黒いマーメイドドレスにマント姿の魔女の格好ではなく、セーターにスカートという落ち着いた雰囲気の奥様的な格好をしている。

そんな彼女の傍《そば》には、アルサスさんとレナさんに似た男の子と女の子の兄妹が父親であるアルサスさんに飛びついている。

「――レナ！　今日は、珍しい知り合いが来たんだ」

「珍しい知り合い？　……って、チセちゃん、それにテトちゃん!?」

私たちの存在に気付いたレナさんは、驚きの声を上げる。

二人の子どもたちは、不思議そうに私たちを見つめている。

「本当に久しぶりね。あー、全然変わってないわ」

そう言ってレナさんは、私とテトをそれぞれハグしながら挨拶してくる。

何と言うか、結婚して、子どもを育てているので彼女から母性という物を強く感じた。

私の体は、成長が止まりもう手に入れることができないと思うと羨ましく思う。

「ねぇ、二人は、いつまでここにいるの？」

「私用のついでに懐かしくて立ち寄っただけだからね」

「この後は、神父様にも会いに行くつもりなのです！」

まだ話し足りずに名残惜しそうにするアルサスさんとレナさんだが、冒険者の出会いと別れは、いつもこんな感じである。

「今日は会えて良かったよ。また何かあれば、来いよな」

「今度は、私たちの子どもたちに二人の冒険を聞かせて欲しいわ」

「ええ、その機会があればね。テト、行こうか」

「はいなのです！　またいつかなのです！」

私とテトは、果たされないだろう再会の約束を口にして手を振りながら、次の場所に向かう。

次に向かう場所は、教会と孤児院だ。

教会は、修繕を繰り返してそのままであるが、孤児院の方は一度建て直され、その隣に建てた調合施設は、今は孤児たちの技能訓練施設として増設されていた。

教会を覗けば、孤児院の子どもたちが、地域の子どもたちと一緒に文字の読み書きを教わっていた。

教えている人物は、アルサスさんたちの仲間だった聖職者の男性だ。

彼は、冒険者を辞めて教会に戻った後は、パウロ神父の後を継いだようだ。

当のパウロ神父は、大分お歳を取ったので、孤児院の庭でお茶を飲みながら楽隠居しているが、時折地域の人たちの相談に相槌を打っていると聞いた。

若い時に苦労した分、今は心穏やかに過ごしているようだ。

今は、一人で庭先に座っているパウロ神父に私たちが近づく。

「おや？　チセ様、テト様、お久しぶりです。どうぞ、そちらに座ってください」

「お久しぶりです。神父様」

「久しぶりなのです！」

神父様の魔力量は多いために、老化が遅いので少し痩せたかなくらいの違いしかない。

そんな神父様は、穏やかな笑みを浮かべて椅子を勧めてくれ、私とテトは座る。

「お茶はいかがですか？」

「ええ、頂くわ。それと来る途中で教会印のクッキーを見つけたから買ってきたわ」

「子どもたちが作ってくれたやつを一緒に食べるのです！」

そうして私とテトは、神父様から色々な話を聞いた。

普段は、この場所で相談に来る地域の人たちからの話に相槌を打つことが多い神父様だが、今日は私たちが相槌を打つ番だ。

そして、最後に――

「チセ様、テト様。私は、信仰のために、子どもたちのために、教会に奉仕を続けてきました。晩年に差し掛かって、私のやり方は、正しかったのか疑問に思うことがあるのです」

人生の終わりが見えて、これまでを振り返ることが多くなった神父様に対して私は、言葉を返す。

「最善では無かったかもしれない。けれど、神父様は自分ができることを行い、次の時代に託すことができました。一人ではできなくても、次に繋げることができれば、いつかは目指した所に辿り着けると思うわ」

「……はい」

「女神・リリエルは、神父様の行いを見守っていたわ。何も恥じることのない人生だったと思うわ」

私の言葉に神父様は、声を押し殺して、小さくなった背を丸めて涙を流す。

そして、その背中を私とテトが優しく撫で続け、しばらくして落ち着いた。

「私の迷いも晴れました。これで心置きなく、女神様たちの下に旅立てます」

「ふふっ、まだ早いわよ。神父様は、みんなの心の支えなんですから」

「まだまだ元気に生きるのです！」

心のつっかえが取れて晴れ晴れとした神父様にそう声を掛けると、教会の方が少し騒がしくなった。

子どもたちに対する文字の読み書きの勉強が終わり、教会の一室から子どもたちが出てくるようだ。

「それでは、神父様。教会と孤児院への寄付です」

「これでみんなと一緒に美味しい物を食べて元気で過ごすのです！」

私は、マジックバッグから取り出した小金貨４枚を神父様に差し出す。

私たちが初めて出会った時――呪いの装備の浄化と孤児院の寄付で同じ小金貨４枚を差し出した。

それを覚えていた神父様は、私の小粋な寄付に苦笑を浮かべながら受け取る。

私とテトは、子どもたちとすれ違うように会釈して孤児院から出て行くのだった。

十数年で私たちを知る子どもたちは、全員大人になってここにいないことに寂しさと嬉しさのような物を覚える。

「さて最後は、ダン少年のところね」

「魔女様、もう少年って年じゃないと思うのです」

「ふふっ、そうね。今だと27、28歳くらいかな」

そして最後に、当時一番親しかったダン少年の居場所は、神父様からの話で聞いている。

孤児院にほど近い場所に薬屋を建てて、そこの店主となって自立しているようだ。

どのように成長したのか楽しみだ。

そのお店にやってくると、先客がおり、店番の女性と商談しているようだ。

「今回も【ロニセラスの蔓】の納品に来ましたよ」

「いつも、届けてくださって助かります。これでこの冬の【アノード熱】の備えができます」

「いえいえ、こちらも村の貴重な財源になるんでありがたいですよ」

「でも、色々な地域に必要になる薬の素材ですけど、こちらばかりに卸して大丈夫ですか？」

「ええ。村の調合師さんのお陰で、【ロニセラスの蔓】の挿し木が上手くいって株を増やすことができましてね。最近は、少し多くの数を卸せるようになったんですよ」

そんな話に耳を傾けながら、サンプルとしてお店の棚に並ぶポーションを見れば、きちんと一定の質と値段を保ったポーションを販売しているようだ。

「魔女様、魔女様。あの店番をしている人、ちょっと魔女様に似ているのです」

「似ている……？　うーん」

テトに言われて、店番の女性を見れば、似ている気がしなくもない。

外見年齢や身長は、もちろん店番の女性の方が高い。

だが、濃紺色の長い髪は光の加減で私と同じ黒に見えないこともないし、優しげな目元や眉の形は少しだけ似ている気がする。

きっとダン少年の記憶の中の私が成長したら、こんな姿だったんだろうな、と言うような姿である。

そうこうしている間に、薬草の納品を終えた商人が会釈しながら店を出て、ジッと見つめていた店員の女性がニッコリと微笑んでくれる。

「そっちのお客さんは、何かご用ですか？」

「……ハイポーションとマナポーションを三本ずつ。この店で一番品質が良いやつをお願いします」

「品質がいい？　割高ですけど、大丈夫ですか？」

「ええ、お願いします」

「分かりました」

昔、子どもたちに渡した調合の教本にレシピは書かれているが、あれからどれほど腕を上げたのか確かめるのにちょうど良かった。

すぐに、運ばれてきたポーションを確認すれば、どれも最高品質と言って差し支えのない出来だった。

これだけのポーションを作るのに、普通の調合師だったら、三日掛けて魔力を付与していくだろう。

それだけダン少年は、技術と忍耐を得てこの仕事をやっているんだろう。

「このポーションを作ったのは、やっぱりこのお店の店主？」

「はい、うちの旦那が全部作っています。何か問題でもありましたか？」

そう尋ねてくる店番の女性――いや、ダン少年の奥さんに対して、首を横に振る。

「いいえ、素晴らしい出来よ。一度会って、挨拶したいわ」

私が答えると、奥さんがお店の奥の工房に入っていく。

こうした商品を作る職人の顔をちゃんと見たいという人も多いために、ダン少年が工房の奥から現れた。

十数年で身長は大分伸びて精悍《せいかん》な青年になったが、昔の面影も残っている。

そんなダン少年の前で三角帽子を外せば、私が誰か気付いて、目を見開いた。

「えっ、あっ……チセ姉ぇ……それに、テト姉ぇ……？」

「久しぶりね。ダン少年。中々、いい男になったみたいね」

「テトたちより大きくなったのです！」

十数年前とほぼ変わらぬ私たちの姿に驚くダン少年。

その隣では、私たちのことを伝え聞いていたダン少年の奥さんが、この子が孤児院の恩人、と声を零《こぼ》す。

そんなダン少年は、すぐに正気に戻り、昔の小生意気そうな表情を作る。

「どうだ、チセ姉ぇ！　チセ姉ぇが後悔するくらいのいい大人になっただろ！」

そう言って、自信満々に胸を張って答える。

「ええ、素敵な大人になったわね。でも、まだ足りないわ」

「足りない？」

「そうよ。隣に、ダン少年が選んだ私よりも素敵な女性がいるんだもの。その人と一緒に一生掛けて互いに幸せになるくらいじゃないと足りないわよ」

「魔女様は、厳しいのです。だから、二人で頑張るのです！」

私とテトがそう発破を掛けるとダン少年と奥さんが互いに顔を見合わせて、初々しく少し頬を染めた。

切っ掛けは、私への初恋を拗《こじ》らせて選んだ相手かもしれない。

だけど、改めて自分が選んだ妻に目を向けて、互いに思い合って幸せになって欲しい。

本当に、私が普通の人生を歩むことを羨むくらいに幸せになって欲しいと願う。

「それじゃあ、お幸せに」

「頑張るのですよ！」

神父様たちのように私たちは、長々とした言葉を交わすよりも去ることを選ぶ。

ダン少年の姿と彼が作り上げたポーションさえ見られれば、彼がどれくらい努力したのか予想できる。

今のダン少年には、思い出の中の憧れの人よりも隣に立つ妻の方が大事だと思った。

だから、彼らが自らの努力で幸せになることを願い、私とテトはこのダンジョン都市を出て、町の外で【転移魔法】を使って本来の目的地である王都を目指すのだった。

GC NOVELS

魔力チートな魔女になりました
a Witch with Magical Cheat
創造魔法で気ままな異世界生活 2

2020年5月4日初版発行

著者 アロハ座長

イラスト てつぶた

発行人 武内静夫

編集 伊藤正和

装丁 森昌史

印刷所 株式会社平河工業社

発行 株式会社マイクロマガジン社
〒104-0041 東京都中央区新富1-3-7 ヨドコウビル
［販売部］TEL 03-3206-1641／FAX 03-3551-1208
［編集部］TEL 03-3551-9563／FAX 03-3297-0180
http://micromagazine.net/

ISBN978-4-86716-006-0 C0093

本書は小説投稿サイト「小説家になろう」(http://syosetu.com/)に掲載されていたものを、
加筆の上書籍化したものです。